AF287557

Martin Altenberg

AUSGELIEFERT
IN DER SÜDSEE

www.tredition.de

© 2013 Martin Altenberg

Umschlaggestaltung, Illustration:
Martin Altenberg

Verlag: tredition GmbH, Hamburg
ISBN: 978-3-8495-4399-0

Printed in Germany

Inhaltsverzeichnis

1.Teil

2. Teil

3. Teil

4. Teil

Entscheidung

Diese verdammte Anzeige ging mir einfach nicht mehr aus dem Kopf. Drei Monate auf einer Südseeinsel, nur mit ein paar wichtigen Dingen ausgestattet um den Aufenthalt einigermaßen erträglich zu machen und das Ganze mit einer Lifecam direkt auf den Bildschirm der blöden Fernsehjunkies. Gut, ich werde mich wahrscheinlich zum totalen Deppen machen, aber was hatte ich schon zu verlieren. Die Arbeit ödete mich schon seit Jahren an, mein Widerwillen allmorgendlich in diesem tristen Büro zu erscheinen, nur um irgendwelche blöden Formulare abzustempeln, ob eine bestimmte Firma ihre Bilanzen auch richtig aufgestellt hat, nahm beständig zu. Hatte diese Arbeit irgendeinen allgemeinen oder höheren Nutzen? Ich sah keinen, was ich natürlich als kleiner Angestellter meinem Arbeitgeber nicht sagen brauche. Auch die Ehe funktionierte momentan eigentlich nur noch auf Sparflamme. Das Zusammenleben wurde von dem alltäglich anfallenden Scheiß bestimmt, den man irgendwie erledigen musste, was zum einen immer zeitaufwändig und nervenaufreibend ist, oft sinnloses Geld kostete, einem keinen wirklichen Nutzen brachte, und dabei die wirklich schönen Dinge im Leben vergessen ließ. Das wirkte sich natürlich auch auf die Lebensfreude und auf die Ehe aus. Es war ja nicht so, dass ich nicht gern mit meiner Frau zusammen war, aber die richtigen Highlights fehlten.

Früher war ich viel auf Reisen gewesen, vor allem während meines Studiums, und egal in welchem Land, ob alleine oder mit einem Freund, selten mit einer Freundin, ich hatte immer wahnsinnig viele Eindrücke gesammelt, die zumindest für eine gewisse Zeit mein Leben geprägt hatten. Solche Abenteuer, ich war immer mit Rucksack mehrere Monate unterwegs, vermisste ich eben. Allerdings war es nicht so, dass ich es in meinem Leben zu nichts gebracht hätte. Ich wurde nach meinem BWL-Studium so eine Art Betriebprüfer bei einem kleinen Unternehmen, um bestimmte Produktionsabläufe zu optimieren, was aber eigentlich immer im Sand versickerte, denn um wirklich etwas zu bewirken, war ich ein zu kleines Licht und mein Chef zu lahmarschig um die großen Aufträge an Land zu ziehen. Meine 19-jährige Tochter studierte in Hamburg Meeresbiologie, mein 21-jähriger Sohn arbeitete in London als Informatiker. Beide sah ich nur alle heilige Zeiten, hatte aber dennoch bisher immer ein gutes Verhältnis zu ihnen gehabt.

Als die Kinder aus dem Haus waren, fiel ich irgendwie doch erst einmal in so eine Art Loch, und ich musste mir neue Beschäftigungen suchen, was sich dann leider hauptsächlich auf die täglich anfallenden, unwichtigen Alltagsärgernisse beschränkte. Eigentlich dachte ich immer, dass ich, wenn die Kinder einmal aus dem Haus waren, meinen doofen Beruf an den Nagel hänge und mit meiner Frau in den Süden auswandere. Allerdings zog einerseits sie nicht so richtig, obwohl, wenn ich unbedingt wollte, würde sie mitmachen, und andererseits fiel mir auch nicht der passende Job ein um dort meine Brötchen zu verdienen. Vielleicht war ich auch einfach zu feige um den letzten Schritt zu machen.

Da käme doch die Anzeige, um mal von allem ein bisschen Abstand zu bekommen, genau gelegen. Noch mal wirklich auf seine alten Tage, ich war immerhin schon fünfundvierzig, was Außergewöhnliches machen, und das auf begrenzte Zeit um danach in das heimische Glück wieder zurückkehren zu dürfen. Übrigens vergaß ich zu erwähnen, dass ich das niederträchtige erste Casting schon hinter mir hatte, und natürlich mit den richtigen Connections, ich kannte um zwei Ecken einen Veranstalter des ganzen Events, in die Entausscheidung gewählt wurde, welche in drei Tagen stattfand. Aufgeregt war ich nicht, da sich eigentlich nur noch nullcheckende junge Hupfer oder total peinliche C-Promies beim letzten Mal die Blöße gaben. Bei den teilweise gar nicht so dumm gestellten Fragen hatte ich mich gar nicht schlecht verkauft, ich war ja auch nicht ganz blöd.

Diese drei Monate sollten auch nach ganz bestimmten Regeln ablaufen. Ich durfte zehn Gegenstände meiner Wahl mitnehmen. Mein kleines Eiland lag zwischen Fidschi und Neukaledonien in der Südsee, beide Inseln waren die nächsten bewohnten Flecken, aber jeweils mehrere hundert Kilometer entfernt. Die ausgesuchte Insel hatte einen Umfang von etwa vierzehn Kilometern, davon zwölf Kilometer zugängliche Küste, fast alles Sand. Der Rest bestand hauptsächlich aus Mangroven und Fels. Für eine Durchquerung benötigte man drei bis vier Stunden. Das Inselinnere bestand größtenteils aus tropischem Regenwald, davon auch viele Kokosnusspalmen. Ferner gab es viele Hügel und einen kleineren Berg, der sogar zweihundert Meter hoch sein sollte. Diese Gegend war eher unzugänglich, an einigen Stellen fand man Süßwasserquellen. Größere Tiere waren auf der Insel nicht beheimatet, aber dafür Gürteltiere und leider vieles, was kroch und krabbelte und eine unverhoffte Begegnung meist große Schmerzen verursachte.

Eine genaue Einweisung, welche Tiere gefährlich waren und was man alles essen konnte, fand natürlich noch statt. Gefilmt wurde nur zu festgelegten Zeiten. Man sollte berichten, wie es so ging, ob etwas passiert war, mit welchen Problemen man zu kämpfen hatte, ob ein Furz im Magen rumging oder was wusste ich. Nach drei Monaten wurde man dann wieder abgeholt, bei schwerwiegenden Notfällen konnte die Aktion auch vorher abgebrochen werden. Bei Erfolg winkten zudem dreißigtausend Euro. Mein Arbeitgeber gab mir Sonderurlaub, meine Frau und meine Kinder fandens toll, und meine Kumpels verarschten mich natürlich, war ja klar, machte mir aber nichts aus, weil sie nur neidisch waren.

Neulich in unsere Stammkneipe »Zum blauen Affen«, wo man gepflegt ein paar Bier in gemütlicher Atmosphäre trinken konnte, hörte ich schon beim Reingehen von Peter, dem Wirt: »Na Klaus, du alter Draufgänger, häng bloß nicht ausversehen mal deinen Schniedel in die Kamera, sonst bist'de bei den Frauen abgemeldet.«

Ich gab genervt zur Antwort: »Hast du überhaupt meinen Schniedel schon mal gesehen?«

Aber Peter war bereits am Zapfhahn, um die nächsten Weizen umständlich ins Glas zu füllen.

Thilo, Tobi und Volker, mit denen ich mich einmal im Monat zum Schafkopfen traf, hatten natürlich schon beim Erscheinen ihr dämliches Grinsen im Gesicht, was mir verriet, dass gleich der zweite blöde Spruch kommen würde. »Servus Klaus, sag mal, bekommst du eigentlich ne extra Gage, wenn du dich beim onanieren filmst?«

Ich lächelte und rülpste nach einem ausgiebigen Schluck Bier erst einmal laut. Nach vier Stunden Kaddeln und acht Bier später war aber die Stimmung wie eh und je ausgelassen. Auch sonst wurde ich auf Schritt und Tritt von allen möglichen Leuten angesprochen, aber ich wusste, dass nach dem Robinson Crusoe Abenteuer alles schnell wieder vergessen sein würde, und mir blieb die Erinnerung auch einmal ohne den ganzen Zivilisationsmist zurechtgekommen zu sein. Außerdem hatte ich das letzte Casting, an dem sechs Personen, jeweils drei Männer und Frauen, teilnahmen, noch nicht überstanden.

Vorbereitung

Nach einer letzten, ungewissen Woche war es endlich
so weit. Zwei Tage musste ich mich in Mallorca allen
möglichen Schikanen und Peinlichkeiten aussetzen. Neben einigen Wissensfragen zu tropischen Ländern im
Allgemeinen bestand das Casting hauptsächlich aus
sportlichen Wettbewerben und Geschicklichkeitsspie-
len, wie zu einem bestimmten Ziel schwimmen und mit
dem Boot zurückfahren, das man vorher aus Holzstäben
zusammenschnüren musste, mit einer Art schnellen Rei-
be- und Drehtechnik aus trockenem Holz und Zunder
ein Feuer anzufachen oder einen Fisch mit einem spit-
zen Holzstab im Wasser aufzuspießen. Beim Schwimmen und Paddeln machte mir so schnell keiner was vor,
denn ich war zwölf Jahre in der Wasserwacht und hatte
schon etliche Kajaktouren an vielen deutschen Flüssen
gemacht, deshalb kam ich auch locker als Erster ins
Ziel. Beim Feuermachen bekamen alle Teilnehmer den
gleichen Zunder.

Das Fernsehteam gab das Signal: »Auf die Plätze...«

Dieter, ein vierzigjähriger Single, fluchte dabei wie
verrückt: »Scheiße, mein verdammter Stecken brennt
nicht«, dabei rieb er diesen mit seinen Wurstfingern so
hektisch an der Kokosnussschale, in der der Zunder das
Brennen anfangen sollte, dass der Stecken abbrach, der
durch die Reibung die Hitze verursachen sollte.

Ein Zuschauer, viele waren irgendwelche Baller-
mannverschnitte, schmiss ihm sein Feuerzeug hin und
rief mit seiner durchzechten Säuferstimme: »Versuchs
mal damit!«, was natürlich allgemeines Gelächter her-
vorrief.

Das Lustigste war dann das Fischstechen mit unseren selbstgeschnitzten Holzspeeren. Wie wild stach unser kleines Grüppchen in einem durch Netze abgetrennten Areal im Meer mit den Speeren nach karpfenähnlichen Fischen, die zwar nicht sonderlich schnell, aber durch die optische Krümmung im Wasser doch schwer zu Treffen waren. Zudem wurde die Sicht immer schlechter, so dass alle wie die Wahnsinnigen im Wasser rumstachen. Resi, die mit ihren zwanzig Jährchen die jüngste Teilnehmerin war, versuchte vor allem durch ihren sexy Bikini die Jury zu beeindrucken, was auch bei mir durch ihre üppige Oberweite für genügend Ablenkung sorgte. Nachdem mit mir drei Teilnehmer endlich einen Fisch harpuniert hatten, holte Resi aus, um mit voller Wucht ins Wasser zu stechen, da sich am Grund was bewegte, und durchstach mit einem Stoß komplett Dieters Fuß.

Dieters Blick wurde ziemlich starr. Er quetschte gerade noch ein »Du blöde Tussi hast mir...« heraus, dann fiel er kreidebleich ins Wasser.

Der Wettkampf wurde abgebrochen und Dieter musste ins Krankenhaus. Das war aber auch das Ende unserer tollen Vorstellung. In allen Disziplinen war ich auf den vorderen Plätzen, und so wählten mich die Zuschauer zum Sieger, was mich auch bei meiner verkrampften Konkurrenz nicht sehr verwunderte. Am den zwei folgenden Wochenenden erfolgte die Unterweisung für dieses Abenteuer auf Zeit. Ich bekam zu aller erst eine Liste, auf der die Punkte standen, über die ich in den drei Monaten auf jeden Fall täglich berichten musste, im Wesentlichen ging es vor allem um mein momentanes Befinden, die Art und Weise, wie ich meine Nahrungsmittel beschaffte, was mir am meisten

Schwierigkeiten bereitete, was ich vermisste, wie ich mit der Einsamkeit umging, aber auch was mir Freude bereitete, also eine Doku-Soap, die vielleicht nicht den Spitzenplatz an Peinlichkeit und Abgedroschenem einnahm.

Eine Kamera sollte ich an der Stelle aufstellen, die ich zu meinem so genannten Lager auserkoren hatte, mit einer zweiten, kleineren, die ich immer bei mir haben musste, sollte ich Aufnahmen von der Insel machen und besondere Ereignisse filmen. Im Großen und Ganzen stellte ich mir vor, dass mich die Sache mit den Kameras nicht so sehr stören würde, im Gegenteil, so hatte ich einen Kontakt, wenn auch nur einseitig, zur Außenwelt und die Einsamkeit hielt sich vielleicht auf diese Weise in Grenzen.

Meine Fragen kamen mir alle irgendwie blöd vor, wie zum Beispiel: »Werden denn Dinge, die für mich irgendwie peinlich werden könnten, im Nachhinein rausgeschnitten?«

Die angeblichen vom Fernsehsender ausgewählten Inselexperten schmunzelten: »Das entscheiden dann die Regisseure.«

Was solls, man musste sich halt auf das Ganze einfach einlassen.

Am nächsten Wochenende war noch so eine Art Schulung über Tiere, Verhalten bei Gefahren und Behandlung von Verletzungen und Krankheiten. Ein Indianer Jones im Schmalspurformat stand an einem Beamer, und legte ein Tempo bei seiner überladenen Power-Point-Präsentation vor, dass mir der Schädel dröhnte.

»Na Herr Bömel, was müssen Sie bei einer Spritze in die Armvene beachten?«

Ich hatte nämlich erfahren, dass es zwei Schlangenarten und eine Spinne gab, die bei einem ungünstigen Stich schnell lebensgefährlich werden könnten, allerdings bissen die Viecher nur bei einer unmittelbarer Bedrohung oder wenn man auf sie drauflatschte. Ich betete also mein halbseidenes Wissen von einer korrekt ausgeführten Injektion runter, als mich Mister Neunmalschlau wieder unterbrach.

»Herr Bömel, bei einem solchen Biss sind Sie gar nicht mehr in der Lage die Ader richtig zu treffen!«

Also zeigte er mir mein Notfallset: Ein Breitbandantiserum, das ich mir einfach mit einer Einwegspritze ins Muskelfleisch jagen konnte, Tabletten und Salben gegen Kopfschmerzen, Parasiten aller Art (eklig würde ich die Würmer im Darm finden) und verschiedene Arten von Durchfallerkrankungen bzw. Lebensmittelvergiftungen (aber wie sollte ich mich vergiften, es war ja alles frisch) und bakterielle Entzündungen. Wenn ich nicht mehr weiter wissen sollte, hätte ich ja mein Notfallhandy.

»So Herr Bömel, jetzt geht's ans Eingemachte. Wie verrichten Sie denn drei Monate lang Ihr Geschäft?«

»Naja irgendwo hinscheißen und verbuddeln.«

»Falsch, hier können sich alle Möglichen Keime und Maden bilden, welche bei einem zufälligen Kontakt schwerwiegende Krankheiten auslösen können. Benutzen Sie doch einfach das Meer, eine natürliche Klospülung, hygienischer gehts gar nicht.«

»Wieso fragen Sie mich eigentlich die ganze Zeit etwas, wenn Sie es eh besser wissen?«

»Herr Bömel, nur so verstehen Sie besser, was ich meine.«

15

O.K. hätten wir das auch geklärt. Ich bekam noch ausführlich geschildert, wie man einen Unterstand baut, wie man Fische und diese Gürteltiere ausnimmt, und welches Kleingetier und welche Pflanzen speziell auf meiner Insel genießbar waren. Am Ende durfte ich das mit dem Gürteltier und mit dem Fisch praktisch üben, was mich vor allem bei dem Gürteltier einiges an Überwindung kostete. Es war zwar schon tot, aber irgendwie waren das unansehliche Viecher, und es machte beim Aufschneiden ein komisches knirschendes Geräusch. Das Ausnehmen machte mir nichts aus und gebraten schmeckte es nicht einmal schlecht. Aus Maden und einer Pflanze musste ich noch so eine Art Brei herstellen und auch das, falls ich wollte, hinunterwürgen, diesmal aber ohne Zubereitung. Ich aß die Hälfte, bis sich so ein eigentümliches Brennen in der Speiseröhre breit machte, kotzte es aber anschließend nicht wieder raus. Ich dachte, die hätten mir noch viel mehr beibringen müssen, wollten aber bewusst nicht den perfekten Insulaner aus mir machen, damit ich auch ein paar Probleme selbst bewältigen musste, was dann gut für die Show in den Flimmerkisten war. Außerdem fühlte ich mich guter Dinge, mir kams schon fast wie ein Urlaub in der Karibik vor, denn in der Südsee war ich noch nie.

Am Ende diese Seminars musste ich mich auf die zehn Gegenstände mit Hilfe meines Inselinformanten festlegen, allerdings hielt dieser sich bei der endgültigen Entscheidung erstaunlicherweise sehr zurück. Als die Liste fertig war, stand da drauf:

1. Notfallset
2. Messer
3. Spezielles Feuerzeug
4. Axt
5. Uhr mit Kompass
6. Kleider
7. Angel
8. Kanister
9. Moskitonetz
10. Schlafsack

Das Notfallset beinhaltete die verschiedenen Seren, wichtige Medikamente und das Notfallhandy. Das Messer war eine richtige Waffe, beim bloßen Anblick konnte man sich schon schneiten. Es hatte eine dreißig Zentimeter lange Klinge aus speziell gehärtetem Stahl und auf der anderen Seite eine Rifflung. Damit konnte man problemlos die Gürteltiere töten und ausnehmen. Das Feuerzeug war wasserdicht und mit Hilfe einer speziellen Vorrichtung sollte es immer funktionieren. Das Gas war für drei Monate ausreichend. Theoretisch müsste ich aber auch so Feuer anbekommen. Die Axt war relativ klein, aber sehr gut geschliffen, sodass man leicht kleinere Bäume bearbeiten konnte. Die Uhr half mir für meinen festgelegten Tagesrhythmus, der in den drei Monaten außerordentlich wichtig war um das Zeitgefühl nicht zu verlieren, was schon manche Leute in den Wahnsinn trieb. Der Kompass diente zur Orientierung im dichten Wald. Für die bisweilen feuchten Nächte hatte ich einen schnell trocknenden Schlafsack aus leichtem Baumwollmaterial. Das Moskitonetz sollte mich vor aufdringlichen Mücken und Kriechtieren schützen, obwohl diese auf der ausgesuchten Insel kein ernsthaftes Problem darstellen sollten. Bei den Kleidern entschied ich mich für eine Funktionsunterwäsche, einer dünnen, langen Treckinghose, ein Baumwollhemd, einen Pullover für kältere Tage und einer Sonnenmütze mit Nackenschutz. Mit der Angel, so wurde mir gesagt, konnte ich im Küstenbereich essbare Fische fangen. An den Haken würden Würmer als Köter geeignet sein. Mit dem zehn Liter Kanister konnte ich Trinkwasser transportieren.

Endlich kam der Tag, an dem es losging. Das Organisationsteam hatte die Monate Juni, Juli und August ausgesucht, also die Trockenzeit in den Tropen auf der Südhalbkugel. Am Flughafen waren natürlich einige Pressefuzzies, meine besten Freunde und meine Familie zum Abschied da. Nachdem ich die obligatorischen Fragen der Presse beantwortet und mich von meinen Freunden verabschiedet hatte, war ich zum Schluss mit meiner Familie noch alleine.

Meine Frau umarmte mich laut schluchzend: »Vielleicht hättest du dich auf den ganzen Mist doch nicht einlassen sollen? Was ist, wenn dir etwas Ernsthaftes passiert?«

Ich beruhigte Sybille: »Ich habe doch für jeden Notfall was dabei, außerdem kann ich mich jederzeit abholen lassen.«

Allerdings hatte ich auch irgendwie ein mulmiges Gefühl, von der anfänglichen Abenteuerlust war nichts mehr geblieben. Auch spürte ich in diesem Augenblick, dass ich meine Frau noch immer sehr liebte und sie mit meinen Kindern in den drei Monaten bestimmt wahnsinnig vermissen würde. Ich überspielte meine Ängste, obwohl ich den Tränen nahe war, die schadenfrohen

18

Blicke meiner beiden Kinder halfen mir aber über mein Abschiedsleiden etwas hinweg und so stieg ich nach drei herzhaften Umarmungen ins Flugzeug und flog meinem ungewissen und anfangs doch so sehr gewünschten Abenteuer entgegnen.

Aufbruch

Während des Fluges brachte ich keinen Bissen runter, zudem verlief die Reise eher schweigsam und die Zeit schien zu stehen. Begleitet wurde ich nur noch von einem Kameramann und dem Projektleiter. Die Maschine flog über Bangkok nach Sydney. Hier verbrachte ich eine Nacht um früh am nächsten Morgen mit einer kleinen Propellermaschine nach Suava, der Hauptstadt von Fiji, zu gelangen. Von dort flogen wir mit dem Hubschrauber zu der Vanuatu-Inselgruppe - die Orientierung hatte ich dabei schon längst verloren.

Während des Fluges spürte ich neue Energie in mir aufsteigen und quasselte aufgeregt auf den Projektleiter ein: »Ist es die Insel dort drüben?«

Genervt bekam ich die Antwort: »Weiß nicht, eigentlich kennt nur der Pilot die genaue Route.«

Doch endlich steuerte der Heli eine von der Vogelperspektive aus winzig kleine Insel abseits der anderen ebenfalls kleinen Inseln an.

Ich schrie um den Lärm des Rotors zu übertönen:

»Ach du scheiße, so klein!«

Ich war so aufgedreht, dass ich am ganzen Körper bebte, aber Herr Seidel, der Leiter und Hauptverantwortliche der Fernsehserie, klopfte mir nur auf die Schultern wie bei einem ungeduldigen kleinen Jungen. Während des Landeanfluges versuchte ich mir schon Details der Insel einzuprägen, allerdings sah ich nur in der Mitte eine kleine Erhebung, ziemlich dichten Regenwald und an der Küste hauptsächlich ein schmales Band aus Sand. An der breitesten Stelle landete der australische Pilot und wirbelte dabei den Sand zu einer dichten Staubwolke auf. Dann ging alles ziemlich schnell, anscheinend gab es keine abschließenden Hinweise mehr, aber eigentlich wurde auch wirklich alles vorher schon gesagt. Ich bekam meine ausgewählten Gegenstände nebst den beiden Kameras fein säuberlich am Boden ausgebreitet ausgehändigt. Zuletzt zog ich noch einen Teil meiner Survivelkleidung an. Der Kameramann machte ein paar abschließende Aufnahmen und erklärte mir noch einige Techniken, wie ich meine beiden Kameras bedienen sollte.

Allerdings war ich nicht aufnahmefähig, denn mir schossen allerlei Gedanken wie wild durch den Kopf: Halte ich die auf mich wartende Einsamkeit aus? Werde ich so ganz alleine Angst bekommen? Kommen vielleicht sogar Piraten um mich auszuplündern? Werde ich gesund bleiben und meine Familie wieder sehen? Ich glaubte, man konnte meine Ängste im Gesicht ablesen, denn alle drei Begleiter schauten am Ende betreten zu Boden und dem Seidel war vielleicht auch etwas mulmig zu Mute, ob ich die ganze Sache heil überstehen werde und er mit seiner Sensationsserie nicht etwas zu weit gegangen ist. Doch dies sagte er mir natürlich nicht, stattdessen klopfte er mir wieder in seiner gewohnten Art auf die Schulter und verabschiedete sich mit den Worten:

»Mensch Bömel, Kopf hoch, drei Monate sind schneller rum als sie denken, außerdem sind sie dann ein kleiner Held, wenn sie alles gemeistert haben und sie können stolz auf sich sein. Die Erfahrung werden sie ihr ganzes Leben lang nicht mehr vergessen.«

Irgendwie hasste ich in dem Augenblick diesen Menschen, ließ mir aber nichts anmerken und tat so, als ob ich endlich alleine sein wollte, obwohl ich mir ganz und gar nicht sicher war, ob ich das wirklich wollte. Als der Hubschrauber abhob, ließ er ein verängstigtes, kleines, heulendes Häuflein Elend auf einer kleinen Südseeinsel zurück, aber ich hatte es ja so gewollt, ich blödes Arschloch.

Mein neues Zuhause

Das Verlorenheitsgefühl ging schnell vorüber, da die Sonne unbarmherzig auf meine Birne brannte und ich umgehend Maßnahmen treffen musste, um mein Inseldasein einigermaßen erträglich zu gestalten. Es war bereits Mittag und für die erste Nacht beschloss ich mein Camp notdürftig an einem geschützten Platz nicht so weit entfernt vom Landeplatz einzurichten. Hierzu wählte ich einen sandigen Platz am Rande des Strandes am Übergang zum Wald, schaute aber, dass es keine Kokosnusspalme war.

Ich sammelte meine Ausrüstungsgegenstände und legte sie auf einen Haufen, zog mein langärmliges Baumwollhemd und die Mütze an, band mein Messer und die Axt in die vorgesehenen Halfter am Gürtel, das Notfallset und das Feuerzeug musste ich sicherheitshalber in einer kleinen Tasche, ebenfalls am Gürtel befestigt, ständig bei mir haben, schnappte mir noch den Kanister und die Handkamera und begab mich dann auf Erkundungstour. Ich wollte einmal quer über die Insel laufen und dann am Strand entlang wieder zu meinem Ausgangspunkt zurück. Dies gestaltete sich allerdings viel schwieriger als ich dachte, die Vegetation war zwar nicht so dicht wie man sie vom tropischen Regenwald her kennt, aber ein normaler Spaziergang war nicht möglich. Ich musste immer wieder durch dichteres Unterholz, Gott sei dank hatte ich hohe, feste Stiefel an, sodass dies ohne Aufschürfungen und Schnitte möglich war.

Tiere sah und hörte ich nicht, wahrscheinlich fehlte hierzu noch das notwendige Gespür, in erster Linie wollte ich aber so und so eine von den mehreren kleinen vorhanden Süßwasserquellen suchen. Bei meinem Erkundungsgang versuchte ich mir gleich den Weg einzuprägen, hierzu ritzte ich markante Bäume mit meinem Messer an und baute kleine Steintürmchen. Zudem hatte ich meinen Kompass. Nach einer Stunde erreichte ich einen leichten mit Felsen durchsetzten Anstieg. Am Ende hin wurde er steiler, mir gelang es aber ohne weiteres den Gipfel zu erreichen, sah dennoch trotzdem nichts von der Insel, da hier oben hohe Bäume standen. Allerdings hörte ich auf der anderen Seite ein ganz leises Plätschern. Ich folgte dem Geräusch und nahm plötzlich zum ersten Mal auch Vogelgezwitscher wahr. Auf halbem Weg nach unten sah ich endlich die Quelle, von der Größe zwischen einem Bach und einem Rinnsal, welche aus einer Felsspalte floss und nach ungefähr zehn Metern ebenso plötzlich wieder verschwand. Ich füllte meinen zehn Liter Kanister auf, der für das Tragen auf dem Rücken Schlaufen hatte. Nun beschloss ich doch umzukehren, da ich schon zweieinhalb Stunden unterwegs war und für den Rückweg bestimmt nochmals eineinhalb Stunden brauchen würde, wenn ich ohne Umwege mein Lager wiederfand. Und dies wäre schon zwei Stunden vor Sonnenuntergang, da in diesen Breiten bereits um halbsieben die Sonne hinter dem Horizont verschwindet.

Der Rückweg verlief ohne Probleme, ich sammelte noch etwas Feuerholz und zwei Kokosnüsse, die überall zahlreich auf dem Boden zu finden waren. Ab und zu schaltete ich die Kamera ein und filmte blöd die Umgebung, weiß der Teufel welche Filmausschnitte für das Fernsehen bestimmt waren. Am nächsten Tag wollte ich mich dann ausgiebiger um meine Nahrung kümmern.

Als ich mein Lager erreichte, hörte ich meinen Magen knurren und spürte großen Hunger. Ich spaltete daher mit meiner Axt die Kokosnüsse, welche vorzüglich schmeckten, und nahm noch einen ordentlichen Schluck von dem frischen, klaren Quellwasser. Ich breitete meinen Schlafsack aus, stülpte das Moskitonetz darüber und dachte, als ich die Feuerstelle einrichtete, dass der erste Tag doch eigentlich schon ein Erfolg war und mir wurde bewusst, dass ich mit dem ganzen Organisieren kein einziges Mal an zu Hause gedacht hatte. Ich schaltete die Kamera mit dem eingebauten Sender nochmals ein, richtete sie auf mich und berichtete knapp, was ich heute unternommen hatte. Dabei kam ich mir ziemlich doof vor, dachte aber eigentlich nicht daran, dass dies Millionen Menschen mitverfolgen werden.

Als es zu dämmern anfing, zündete ich das Feuer an und starrte abwechselnd in dieses und auf das Meer. Schlagartig kam in der Dunkelheit die Einsamkeit, die Langeweile und das Heimweh. Was sollte ich die langen Nächte machen um mich abzulenken? Ein paar kühte Bier wären jetzt einzigartig in dieser Situation. Mir schossen unablässig Gedanken durch den Kopf und ich konnte sie nicht abstellen. Ich lag ewig wach, obwohl sich mein Nachtlager überraschend komfortabel anfühlte. Irgendwann musste ich aber in einen seltsam tiefen Schlaf gefallen sein, denn als ich die Augen aufschlug, stand die Sonne bereits am Himmel.

Die erste Woche

Ich verspürte eine seltsam starke Energie die kommenden Herausforderungen mit neuem Tatendrang gleich anzugehen. Nachdem ich mich aus Schlafsack und Moskitonetz gewurschtelt hatte, legte ich diese sorgfältig zusammen und neben meinen vollen Wasserkanister und der Angel, zog mich an, schnallte meinen Gürtel mit den restlichen Ausrüstungsgegenständen um und machte mich erneut auf Erkundungstour, diesmal nach einem geeigneten Lager. Ich wollte auf jeden Fall einen Untergrund, der am besten felsig und keinesfalls mit Vegetation war, wegen der Viecher und damit dieser bei Regen nicht komplett durchweichte. Mein neues Zuhause sollte darüber hinaus in der Nähe einer Quelle liegen, eine vor Wind einigermaßen geschützte Lage haben und nicht so weit vom Meer weg sein.

Zu den Bergen von gestern wollte ich nicht, da diese zu weit weg und zu ausgesetzt waren, also durchquerte ich die Insel in einem anderen Winkel. Nach nicht allzu langer Zeit fand ich die scheinbar perfekte Lage, denn alle Voraussetzungen für ein ideales Lager trafen zu. Aus einem etwas höherem felsigen Vorsprung, der mit Grün überwachsen war, plätscherte ein kleines Rinnsaal köstlich frischen Wassers. Darunter befand sich eine ca. fünfzig Quadratmeter große Lichtung mit ebenem, hart lehmigem Untergrund, zusätzlich spendeten umstehende hohe Bäume Schatten. Ich holte meine Gegenstände vom Strand, der keine fünf Minuten entfernt war, und legte diese in die Nische unter dem Felsvorsprung, morgen würde ich dann mit dem Bau des Unterstandes beginnen.

Euphorisch schaltete ich die Kamera ein und quatschte drauf los: »Hallo Fans, wie ihr hier seht, hab ich alles bestens im Griff, denn das ist das Paradies auf Erden. Schaut euch dieses Plätzchen an, ist es nicht himmlisch, da bleibe ich für den Rest meiner Zeit, stellt euch drauf ein und ganz liebe Grüße an dich mein Schätzchen und meine lieben Kinder, ich hoffe ihr versäumt keine Folge von meinem spannenden Inseldasein.«

Ich erzählte noch von meinen weiteren Plänen, bis ich den Bericht mit den Worten »o.k. ihr könnt jetzt den Werbeblock reinschieben« schloss.

Ein lautes Magenbrummeln erinnerte mich an ein starkes Hungergefühl. So ein eigenartiges und angeblich zahlreich vorhandenes Gürteltier hatte ich bisher noch nicht entdeckt, also spaltete ich erst einmal für den gröbsten Hunger mit der Axt eine Kokosnuss. Diese lagen zahlreich am Boden rum. »Hoffentlich fällt mir nicht mal eine auf den Kopf«, dachte ich so nebenbei.

Sie schmeckte lecker und stillte sofort meinen Hunger, denn das frische weiße Fleisch ist ziemlich nahrhaft und angeblich auch sehr vitaminreich. Ich bohrte noch schnell eine zweite mit dem Messer an und trank die köstlich frische Milch, obwohl ein kühles Bier wiederum noch besser gewesen wäre.

»Scheiße, ich darf nicht ständig an ein kühles Bier denken, sonst werde ich noch wahnsinniger, als ich es eh schon bin.«

Irgendwie musste ich aber für mehr Abwechslung auf meinem Speiseplan sorgen, sonst kackte ich irgendwann noch Kokosnüsse, also schnappte ich mir meine Angel und lief Richtung Meer. Am Strand angelangt ging ich zur Abwechslung in die andere Richtung und merkte bald, dass die Küste relativ schnell felsiger wurde, bis der Sand ganz verschwunden war. Inzwischen war es schon drei Uhr und mir kam der Gedanke, dass mich bis jetzt kein einziges Mal so räudige Gedanken an zu Hause befielen. Gott sei dank, ich hatte nun ein gutes Gefühl die drei Monate psychisch unbeschadet zu überstehen.

An einem Felsvorsprung befand sich dahinter eine Bucht, halbkreisförmig, umrahmt von flachen Felsen. Als ich in das Wasser lugte, sah ich einen kleinen Schwarm von etwa zwanzig Zentimeter langen Fischen, eine perfekte Angelstelle, da man durch die natürliche Felsbarriere ziemlich nah ans Wasser konnte. Ich hatte spezielle Köder aus einem reflektierenden Metall dabei, welche angeblich ziemlich viele Arten von essbaren Raubfischen anlocken sollten. Ich warf die Angel aus und holte sie langsam ein, und unglaublich aber wahr, just in diesem Moment biss der erste Fisch an. Ich konnte mein schnelles Glück kaum fassen und zog total aufgeregt und zitternd wie ein kleiner Junge das erste Mal beim Petting den Fisch an Land. Das musste nach meiner spärlich angelernten Fischkunde ein Red Snapper sein, also hoffentlich essbar. Ich weidete ihn gleich mit dem Messer aus, nahm aber die Innereien als eventuellen Köder vorsichtshalber auch mit. Einen zweiten Fisch fing ich trotz mehrerer Versuche komischerweise nicht mehr, aber egal, ich musste mich so und so schleunigst auf den Rückweg machen, um vor der rasch einbrechenden Dunkelheit noch ein Feuer zu machen um meinen Fisch zu grillen.

Ich ging schnell zu meinem Lagerplatz zurück und entfachte gekonnt mein Feuer, nachdem ich zuvor trockenes Holz am Boden gesammelte hatte. Eigentlich mangelte es mir an nichts. Eigenartigerweise war mein Schlafsack etwas verschoben und aufgerollt. Sollte ein Tier daran rumgemacht haben? Na ja, wenn es so war, konnte es nur ein kleines gewesen sein, große gab es hier nicht und Lost war nur eine beschissenen Fernsehserie. Ich spießte meinen Fisch auf einen Stock und briet ihn einige Minuten über dem Feuer. Ich war die ganze Zeit total gespannt, wie er wohl schmecken wird, aber als ich ihn endlich versuchen konnte, übertraf dies noch meine kühnsten Erwartungen nach einem perfekten Fisch, vor allem da ich so etwas zum allerersten Mal selbst zubereitet hatte. Ich war vollkommen zufrieden, diesmal auch ohne Gutnachtbier, sprach noch ein paar Sätze in die Kamera und kroch anschließend in meinen Schlafsack. Irgendwie roch der auch ein bisschen komisch, aber wie ich noch darüber nachdachte, ob so ein Gürteltier irgendeinen bestimmten Duft verbreitete, war ich auch schon eingeschlafen.

Als ich ruckartig aufwachte, war um mich herum dunkelste Schwärze. Ich fühlte mich vollkommen orientierungslos und sofort überfiel mich eine sonderbare Panik. Ich brauchte ein paar Sekunden, um überhaupt zu wissen, wo ich mich befand. Es musste mitten in der Nacht sein, aber was war der Grund meines plötzlichen Hochschreckens. Waren da nicht Geräusche, die ich schon halb im Unterbewusstsein registrierte? Tatsächlich, unmittelbar neben mir vernahm ich ein deutliches Rascheln. Mein Herzschlag beschleunigte schlagartig und ich hörte mein Pochen in den Ohren. War noch jemand auf der Insel und hatte vor mich zu massakrieren oder wollte das Filmteam mit mir einen schlechten Scherz machen? Ich lag in meinem Schlafsack wie gelähmt vor

Angst. Jetzt kam das Rascheln näher. Ich hatte nur noch einen Gedanken: Raus aus dem Schlafsack, damit ich mich überhaupt verteidigen konnte. Nachdem ich das blitzartig getan hatte, schnappte ich mein Messer, das ich Gott sei Dank neben anderen wichtigen Ausrüstungsgegenständen in Griffbereitschaft hatte und schnellte hoch.

»So, jetzt kannst du kommen!«, dachte ich um mir Mut einzuflößen.

Doch ich hörte nichts mehr. Auch nach mehreren Minuten, außer ein paar vereinzelte Vogelschreie - nichts. Sollte es doch nur ein Tier gewesen sein, waren vielleicht diese blöden Gürteltiere nachtaktiv?

Zum weiteren Nachdenken kam ich allerdings nicht mehr, denn ein wahnsinnig lauter Knall zerriss die Stille der Nacht. Was dann folgte habe ich in der Form noch nie erlebt. Erst gab es mehrere dumpfe Knalle, die sich wie Kanonenschüsse anhörten. Zeitgleich gingen gleißende Blitze zu Boden. Einige schlugen auch auf der Insel ein, so weit ich dies von meinem Versteck beobachten konnte. Wenig später fing der Regen an, aber nicht so ein Regen, wie man ihn bei uns kennt, dieser fühlte sich eher so an, als wenn man sich direkt unter einen Wasserfall stellt. Im Nu war der ganze Boden überflutet, zum In-die-Hose-machen blieb keine Zeit, denn ich musste sofort meine Ausrüstungsgegenstände unter die Felsnische schaffen, damit sie trocken blieben - dachte ich zumindest - und nicht fortgespült werden. Ohne Taschenlampe sah man allerdings, außer es sauste ein Blitz herunter, nicht viel vom Boden. Das Meiste war aber Gott sei Dank an meinem Gürtel befestigt und außer der Angel, die ich nirgendwo sah, stopfte ich alles in die Nische, inklusive der beiden Kameras. In meinem Schlafsack ausharrend wartete ich auf die Morgendämmerung, denn alles war pitschnass, auch mein Schlafsack, die Kameras sind wohlweislich wasserdicht und ich zitterte vor Kälte wie Espenlaub. Die Zeit verging unendlich langsam, und ich hatte das Gefühl, ich lag mitten in einem Bach. Der Regen endete nach einer Stunde eben so plötzlich wie er angefangen hatte, es war so gegen fünf Uhr morgens. Noch eine Stunde bis Sonnenaufgang! Um die Zeit schneller zu vertreiben quatschte ich noch ein bisschen in die Kamera und teilte meinen interessierten Zuschauern meine nächtlichen Abenteuer mit.

Endlich tauchte die Sonne am Horizont auf. Noch nie hatte ich diesem Ereignis so entgegengefiebert. Sogleich betrachtete ich meine Umgebung. Der Boden fing durch die Sonneneinstrahlung zu dampfen an und die restlichen Pfützen trockneten ziemlich schnell. Ich hing gleich meinen Schlafsack zum Trocknen auf und suchte fieberhaft nach meiner Angel. Wenn diese verloren ging, hatte ich ein ernsthaftes Problem mit meiner Nahrungsbeschaffung, schließlich ist es mir bis jetzt nur gelungen, einen Fisch als Proteinlieferanten zu fangen. Konnte die blöde Angel so weit fortgespült worden sein? Ich suchte mittlerweile schon eine Stunde, als ich sie unter einem dichten Gestrüpp halb im Matsch herauszog.

Endlich konnte ich mich meiner Tagesplanung widmen. Um nicht noch einmal von so einem Regen eingeweicht zu werden, beschloss ich erst einmal heute den Bau eines Unterstandes in Angriff zu nehmen. Wie kompliziert das sein würde und wie lange das dauerte, hatte ich keine Ahnung. Ich durfte auf jeden Fall die Essenssuche nicht vergessen. Nach einer Kokosnuss und ein paar kräftigen Schlucken Wasser, ich fragte mich dabei, ob ich notfalls drei Monate diese blöden Dinger runterwürgen könnte, ging ich ans Werk. Die Nische ging ungefähr eineinhalb Meter in den Fels und war einen Meter hoch. Daran wollte ich den Unterstand bauen, rätselte aber, wie ich diesen an die Wand befestigen konnte. Die Idee kam mir bei der Suche nach geeigneten Ästen. Da der Boden an manchen Stellen immer noch etwas weich war und meine Schuhe mit der Zeit total verklumpten, musste ich sie säubern und stellte dabei fest, dass es sich um astreinen Lehm handelte, bestens als Baumaterial geeignet. Ich hackte mehrere Palmenäste ab und riss dazu dünne Lianen ab, die zahlreich von den Bäumen herunterhingen. Diese Vorgehensweise wurde mir natürlich schon in den zahlreichen Seminaren erklärt, bloß das mit dem Lehm habe ich selbst entdeckt. Nachdem ich einige hunderte ungefähr zwei Meter langen Äste gesammelt hatte, legte ich sie in eine Reihe und verband sie mit den Lianen, die ich fest um die Äste rumschlängelte. Mit vier dickeren Ästen an den Seiten stützte ich das Dach ab und grub diese ein Stück in den Boden ein. Dann verband ich die Stützen an den Seiten auch mit einzelnen Ästen und zurrte sie wieder mit Lianen fest. Das ganze Konstrukt lehnte ich an den Felsvorsprung und damit kein Zwischenraum entstand, füllte ich den Spalt zwischen Fels und Unterstand mit Lehm, dasselbe machte ich auch zwischen den Ästen. Das Ganze passte gar nicht so schlecht, ab und zu kommentierte ich meine Tätigkeiten bei laufender Kamera und zuletzt hatte ich einen passablen Unterstand, der mit dem Felsvorsprung drei Meter in die Tiefe ging und nur nach vorne offen war.

Am späten Nachmittag holte ich mir noch einen Fisch, was an der kleinen Felsbucht relativ schnell vonstatten ging, zumal sich dort immer dieselbe Fischsorte aufhielt. Als ich zurückkam, dämmerte es schon. Schnell putzte ich den Fisch, schürte ein Feuerchen und genoss die Abendstimmung, vergessen war das nächtliche Gewitter und die Panik. Ich fühlte mich fast wie im Urlaub, diesmal auch ohne frisches Bier und karibische Schönheiten.

Mein Nachtlager hatte jetzt auch Hand und Fuß, ich räumte meine ganzen Gegenstände schön sortiert in den Unterstand, zuvor fand sich noch eine Barriere aus Ästen und Lehm zum Schutz vor Kriechtieren und Wasser. Diesmal fühlte ich mich nachts richtig geborgen und schlief die ganze Nacht wie ein Stein.

Am Morgen des fünften Tages kehrte schon so eine Art tägliche Routine ein. Nach dem anfänglichen Kameragelaber und Kokosfrühstück nahm ich mir an diesem Tag vor, endlich mal neue Nahrungsquellen auszuprobieren. Also stapfte ich mit meiner Ausrüstung Richtung Inselinneres los. Mir fiel es auch schon leichter, mich ohne Kompass nur mit Hilfe der Sonne zu orientieren, zudem diente der zweihundert Meter hohe Berg in der Mitte der Insel immer wieder als Anhaltspunkt. Dennoch nahm ich zur Abwechslung mal eine neue Route. Ich wollte vor allem nach diesen blöden Gürteltieren und einer Beerensorte, die es angeblich auch in diesen Regionen geben sollte, suchen. Also ging ich in Richtung Norden um nicht die ganze Insel von West nach Ost an den Bergen vorbei zu durchqueren. Nach meinen Berechnungen dürfte der Weg bis an die Küste nur eineinhalb Stunden dauern.

Je weiter ich ging, desto schwieriger war das Voran-kommen, denn der Bewuchs wurde immer dichter. Ich musste mich zunehmend durch das Gestrüpp durch-kämpfen, als ich auf einmal im Baum gerade noch das Schwanzende einer grünen Schlange sah. Mein Herz-schlag setzte kurz aus, und ich stand wie versteinert da. Was wäre, wenn mich dieses Mistding gebissen hätte. Mich ekelt es so und so vor Schlangen, was nicht gerade zu meiner Gelassenheit beitrug. Mein Notfallserum trug ich zwar immer am Mann, aber ich beschloss trotzdem Richtung Westen an die Küsten vorzudringen, da ich nicht allzu weit von dieser entfernt sein musste, mein Lager befindet sich ja auch am westlichen Rand. Nach einer Weile hörte ich schon das Meer rauschen, der Weg war aber ebenfalls ziemlich beschwerlich, allerdings nicht ganz so dicht. Endlich tauchte eine Lichtung auf und das herrliche Blau des Meeres schimmerte durch die Bäume. Geschafft!

Ich war schweißgebadet und freute mich auf eine kleine Erfrischung. Am Ende des Waldes erwartete mich dann doch noch das freudige Ereignis. Ich sah ein-deutig ein fettes, kleines Gürteltier davonhuschen und rannte sofort wie ein Irrer hinterher. Schon fast an der Küste angelangt entwischte es in eine Art Erdloch. Als ich es näher untersuchte, entdeckte ich noch mehrere von diesen Löchern, hineinlangen traute ich mich aller-dings nicht, ich konnte ja nicht ahnen, ob diese ferkel-ähnlichen Wesen zubissen, dennoch wusste ich jetzt ih-ren Aufenthaltsort und die Jagdsaison war eröffnet. Nun lockte erst einmal das erfrischende Nass.

Diesmal war es nicht so gemütlich wie in der Nähe mei-nes Lagers. Der Fels war stark zerklüftet, es war viel windiger und weiter draußen an der Riffkante brachen sich riesige Wellen mit einem furchteinflößenden Getöse. Wenn ich nach rechts schaute, machte die Küste schon einen scharfen Knick, ich musste also fast am Nordende der Insel angelangt sein. Hier schien die See noch rauer zu sein, ziemlich ungemütlich. Nichts desto trotz entledigte ich mich meiner Kleider und suchte einen Zugang zum Wasser, was sich gar nicht so einfach gestaltete. Ich stellte mich an wie ein Rentner, der seit dreißig Jahren keinen Sport mehr gemacht hatte, wollte aber keine Verletzungen riskieren und überlegte schon das kühle Bad sein zu lassen. Irgendwie war ich aber dann endlich am Wasser und fand eine einigermaßen passable Einstiegsstelle, wo man auch leicht wieder nach außen gelangen konnte - meinte ich zumindest.

Ich sprang ins Wasser, da es gleich ziemlich tief reinging und das Wasser doch etwas aufgewühlt war und ich nicht mit dem Fuß in irgendwas reinlatschen wollte. Das kalte Nass tat wirklich gut, vergessen war der beschwerliche Weg und die erfolglose Jagd. Ich ließ mich schön mit dem Rücken im Wasser treiben, während mir die Sonne ins Gesicht schien. In dieser Position war ich höchstens zwanzig Sekunden, aber als ich mich zum Schwimmen umdrehte, merkte ich zu meinem Entsetzen, dass ich mich schon locker dreißig Meter von der Küste entfernt hatte ohne einen einzigen Schwimmzug zu machen. Schlagartig wurde mir bewusst, dass es hier im Gegensatz zu meiner Hausküste eine wahnsinnige Strömung gab. Ich hätte mich für meine Blödheit einfach so ins Wasser zu springen in den Arsch beißen können. Das konnte mein Todesurteil bedeuten. Die ganze sorgfältige Vorbereitung um alle Gefahren auszuschließen und dann so ein scheiß Fehler. Ich würde auf

Nimmerwiedersehen von der Bildfläche verschwunden. Als mir die Gedanken durch den Kopf schossen, fing ich schon wie ein Verrückter zum Schwimmen an. Die Strömung zog mich parallel zur Küste Richtung Norden, wo am Horizont die wirklich großen Brecher über das Atoll hereinbrachen. Jetzt schauten diese gar nicht mehr so weit entfernt aus.

Nackte Panik machte sich in meinem Hirn breit. Zurück zur Ausstiegsstelle zu schwimmen war nicht möglich, an diesem Punkt war ich schon längst vorbei und gegen die Strömung anzukämpfen war unmöglich, also schwamm ich schräg zur Strömung mit kraftvollen Brustschwimmbewegungen Richtung Ufer. Wenn ich an der Nordspitze vorbeigetrieben werden würde, würden mich die Wellen zerschmettern oder ich würde im offenen Meer ersaufen. Ich hatte plötzlich ein Gefühl der größten Einsamkeit und Kraftlosigkeit, aus diesem Schlamassel würde mir keiner helfen. Hier ging es um mein Leben, und es hieß auf einmal innerhalb weniger Sekunden alles oder nichts. Zu meinem Entsetzen sah ich schon das kleine Kapp am Ende der Insel und die Wellen, gegen die ich ankämpfen musste, waren urplötzlich doppelt so hoch. Mit Schwimmen hatte dies bald nichts mehr zu tun, ich strampelte viel mehr Richtung Küste. Schnell wurde ich schwächer, meine Arme fühlten sich wie Blei an und ich spürte, wie sich meine Muskeln allmählich verkrampften. Wahrscheinlich wurden jetzt auch noch Haie auf mein Geplätscher aufmerksam. Doch unglaublich, das rettende Ufer kam langsam näher, obwohl ich das Gefühl hatte, Strömung und Wellen nahmen zu. Ich spürte einen richtigen Adrenalinschub und mobilisierte meine letzten Kräfte, denn viel

Zeit blieb mir nicht mehr, weder von der Kraft noch von der Ausstiegschance.

Jetzt war ich nur noch fünf Meter vom Ufer entfernt. Langsam merkte ich wie sich meine Muskeln total verkrampften und die Spitze der Insel war vielleicht nur noch dreißig Meter entfernt, aber ich würde es schaffen, das redete ich mir ein. Meine Hand konnte den Felsen schon fast berühren, aber wo war eine geeignete Ausstiegsstelle. Die Felsen stiegen steil aus dem Wasser und waren mit scharfkantigen Muscheln übersät. An einem kleinen Vorsprung gelang es mir, mich festzuklammern. Lange konnte ich mich aber vor Erschöpfung und dem Wellengang nicht halten, auch merkte ich, wie irgendetwas mein Bein schnitt. Seitlich des Felsens ging eine kleine Rinne hoch, die mit weniger Muscheln bewachsen war - meine einzige und letzte Chance. Ich hangelte mich um den Fesen herum und versuchte aus dem Wasser zu krabbeln. Das erste Mal rutschte ich ab und schnitt mich überall auf. Mein Körper war mehr rot als weiß, falls ich mir eine Vene durchgeschnitten hätte, würde ich auch ein ernsthaftes Problem haben. Beim zweiten Versuch fand ich Halt und robbte mich dem totalen Zusammenbruch nahe Stück für Stück nach oben. Weitere Schnitte waren mir mittlerweile egal, ich spürte sie auch gar nicht mehr. Endlich gelangte ich auf sicheres Terrain und fiel sofort in eine Art bewusstlosen Zustand und nahm nichts mehr um mich herum wahr.

Als es bereits dämmerte, schreckte ich von meinem Koma hoch und fror gotterbärmlich. Mein Körper war übersät mit Schnittwunden, die aber mit einer Ausnahme alle zu bluten aufgehört hatten. Mir wurde ganz anders, denn am Bein hatte ich einen ungefähr zehn Zentimeter langen Schnitt, der richtig auseinander klaffte und noch immer leicht blutete. Ich musste also schnellstmöglich zu meinen Sachen um die Wunde zu verbinden und mich wieder anzuziehen. Mehr schlecht als recht schleppte ich mich dorthin. Nachdem ich die Wunde desinfiziert hatte, überlegte ich mir, ob diese genäht werden musste. Eine sterile Nadel und einen speziellen, sich nach zwei Wochen selbstauflösenden Faden hatte ich dabei. Die Entscheidung war eigentlich klar, ich kam nicht drum herum, denn der Schnitt war viel zu tief, als dass er von selbst sauber verheilte und sich vorher vor allem nicht entzündete. An einer Puppe hatte ich das Wundennähen einmal geübt, an einem selbst war das natürlich noch mal etwas anderes. Wenn diese trotzdem nicht heilen sollte, konnte ich immer noch jederzeit einen Notruf absenden und mich vorher abholen lassen, dann war eben die Show vorbei, aber so habe ich es zumindest vorher versucht. Also packte ich die Nadel aus, fädelte den Faden ein und stach am Ende der Wunde durch den Rand des Fleisches etwa drei Millimeter tief ein. Ich war so aufgeregt, dass ich gar keine Schmerzen spürte. Das Durchstechen und Zusammenziehen des Wundrandes ging überraschend gut und einfach, so dass ich gleich ruhiger wurde. Außer an den Einstichlöchern hörte dann auch die Wunde mit dem Bluten auf und sie war gar nicht mehr so gefährlich anzuschauen. Ich verband sie noch schnell mit einer sterilen, luftdurchlässigen Wundauflage und zog mich dann an, dabei stellte ich mit Schrecken fest, dass es bereits dämmerte. Den Rückweg anzutreten wurde somit unmöglich, ich musste hier in der Nähe übernachten. Am Waldrand baute ich mir aus einigen Ästen einen kleinen Unterstand, schlürfte noch schnell eine Kokosnuss, erzählte kurz das Nötigste meinen Serienjunkies und versprach, die Ereignisse gleich am nächsten Tag genauer auszuführen.

Kurze Zeit später schlief ich tief und fest, erst als die Sonne schon aufgegangen war, schreckte ich hoch. Komisch, ein normales, ruhiges Aufwachen schien es hier nicht zu geben, ich brauchte auch immer eine kurze Weile, bis ich überhaupt wusste, wo ich mich befand. Heute Morgen war es besonders schlimm. Mein Bein pochte ganz schön, es war aber auszuhalten, auch die übrigen Schnittwunden branden ziemlich. Als ich mich so im Stillen bemitleidete, bemerkte ich anscheinend gar nicht das permanente Rascheln in meiner unmittelbaren Nähe. Na klar, die Gürteltiere, das war ja ungefähr die Stelle, wo ich diese Dinger das erste Mal sah. Trotz meiner Verletzungen hatte ich auf einmal eine unbändige Jagdlust und auch eine richtige Wut im Bauch, eines dieser Tiere zu massakrieren um endlich mal wieder frisches Fleisch zu essen. Anscheinend hatten sie die Scheu durch mein ruhiges daliegen verloren, diese Gelegenheit musste genutzt werden.

Als ein einzelnes Tier schon das zweite Mal ganz in der Nähe meines Unterstandes vorbeihuschte, schnellte ich hervor und stach im selben Augenblick das Messer durch den Panzer des Tieres, allerdings war dieser härter als gedacht, und die Klinge ging nur wenige Zentimeter tief in das Fleisch. Das Tier machte seltsame Quiek-Geräusche, einerseits tat es mir in diesem Augenblick leid andererseits knurrte mein Magen. Das kleine Ding wand sich unter meinen Händen, zudem schmerzte mein Bein, da ich mich viel zu schnell für die neue Naht bewegt hatte. Das Messer steckte noch fest, also packte ich entschlossen zu und hieb das Messer tiefer in das erbärmliche Ding. Jetzt merkte ich, wie seine Kräfte schwanden und bei mir überwog doch vollends das Jagdglück, allerdings hätte ich mir wenige Monate zuvor nie so ein grausames Vorgehen vorstellen können, aber die Sehnsucht nach was wirklich Nahrhaftem ließ mich anscheinend zum Neandertaler werden. Meine Wunde blutete jetzt wieder etwas, die Naht war aber noch in Ordnung, ich hatte ganze Arbeit geleistet. Stolz sammelte ich meine Sachen ein, legte meinen Gürtel mit dem Notfallset und dem Messer an, ließ das Gürteltier ausbluten, die anderen tauchten übrigens nach dieser Aktion nicht mehr auf, und machte mich mit meiner Beute Richtung Camp auf.

Erschöpft und dennoch zufrieden erreichte ich meine Lagerstätte. Da hatte ich ein ziemlich brenzliges Abenteuer überstanden, ich war stolz auf mich. An zu Hause habe ich die letzten zwei Tage fast gar nicht gedacht, außer bei meinen täglichen Berichten, da kam immer etwas Schwermut danach auf. Ob in meiner Heimat die Show gut ankam, konnte ich natürlich überhaupt nicht ahnen. Sofort machte ich mich daran, meine Beute zu zerlegen. Das war eine ganz schöne Schufterei, und hätte ich nicht so ein Wahnsinnsmesser gehabt, wäre ich gar nicht in der Lage gewesen das Gürteltier mit seinem Panzer in kleine Portionen zu zerteilen. Nachdem ich ein paar größere Fleischstücke rausgeschnitten hatte, legte ich sie auf einen Stein nahe dem Feuer, so dass sie langsam durchbrieten, denn direkt über dem Feuer würden die Stücke zu schnell schwarz werden. Nach einer halbe Stunde bangen Wartens genoss ich meine erste tierische Mahlzeit, den eigentümlichen Geschmack kannte ich ja schon von der Vorbereitung, aber jetzt schmeckte das Fleisch richtig gut, das musste einfach am Hunger liegen. Ich aß meinen Bauch voll und briet die restlichen Stücke noch durch, denn nur so konnte ich sie einige Tage haltbar machen, viel gingen aber eh nicht mehr aus dem zähen Tier raus. Die ganze Prozedur filmte ich auch mit der Kamera, um meine heimischen Couchpotatos am Glück teilhaben zu lassen.

Ich beschloss darauf, den restlichen Tag mit süßem Nichtstun zu verbringen, das hatte ich bitter nötig, zumal ich ja jetzt im Prinzip alles für meinen dreimonatigen Aufenthalt hatte. Ein geschütztes Lager mit einer kleinen Quelle und einem Unterschlupf zum Schlafen, eine Stelle zum Angeln und seit gestern war mir ein Aufenthaltsort der Gürteltiere bekannt. Also ging ich zum Strand, wusch den Blut- und Fleischgeruch im Wasser ab, dabei genoss ich das Planschen im seichten Wasser, denn hier im Westen der Insel gab es weder eine Strömung noch hohe Wellen, der Wind blies auch nicht so heftig wie an der nördlichen Spitze. Allerdings brannten mit der Zeit meine Schnitte wie Feuer, der große Schnitt am Bein begann aber Gott sei Dank schon langsam zu heilen. Ich ließ mich im warmen Sand trocknen, trank etwas Kokosnussmilch und machte noch ein kleines Nickerchen, um die Unmengen Fleisch zu verdauen. Mit einer Südseeschönheit an meiner Seite wäre ich dem Paradies schon ziemlich nahe gewesen.

»Nicht schlecht Klaus, für ein Zivilisationsweichei wie dich«, lobte ich mich stolz.

Zufrieden beobachtete ich den Sonnenuntergang, ging zurück zum Lager, den Weg von ungefähr hundert Metern fand ich vom Strand schon im Dunkeln, starrte noch einige Zeit in die kleinen züngelnden Flammen meines kleinen Feuers, bis mir die Augen zufielen. Beim Einschlafen bemerkte ich noch, dass morgen schon der letzte Tag meiner ersten Woche auf der Insel anbrach, ich musste die Tage ab jetzt unbedingt zählen, damit ich nicht irgendwann ohne zeitliche Orientierung die Motivation verlor.

Erfrischt und voller Tatendrang wachte ich auf. Es war schon hell, aber leider waren heute dunkle Wolken am Himmel, zudem wehte ein frischer Wind. Meine Wunde am Bein hatte sich bisher nicht entzündet und begann gut zu heilen, ich war also wieder voll einsatzfähig. Da es sehr stark nach Regen und Sturm aussah, schaute ich nach meinem Unterstand, ob dieser dem sich zusammenbrauenden Unwetter auch standhalten würde. Die Äste waren ausreichend im Boden verankert, zur Sicherheit nahm ich noch mehr Lehm, um die Fugen und den Übergang zum Fels ausreichend abzudichten. Ab Mittag nahm der Sturm merklich zu und der Himmel war schon nahezu schwarz, meine Unruhe steigerte sich deshalb zunehmend, aber ich konnte nichts anderes tun, als zu warten. Also ging ich zum Zeitvertreib zum Strand, da merkte ich erst einmal, wie windgeschützt mein Lager unter den Palmen war, denn der Sand fühlte sich wie Schmirgelpapier in meinem Gesicht an. Draußen am Riff überschlugen sich riesige Brecher, das Rauschen klang ziemlich bedrohlich, vorbei war die schöne Südseeidylle. Wenn mir das Badeunglück an diesem Tag passiert wäre, hätte eine Welle gelangt, um mich zu vernichten.

Ich nahm die Kamera und filmte an einem windgeschützten Platz den aufkommenden Sturm, dann schaffte ich es gerade noch zurück, als mit einem Getöse der Regen losbrach. Ich hatte ihn ja schon einmal nachts erlebt, aber diesmal war es noch heftiger, auch war der

Wind beträchtlich. Die Palmen bogen sich beängstigend und im Nu war der Boden mit Wasser bedeckt. Da mein Unterstand eine Barriere besaß, konnte zum Glück kein Wasser eindringen. Ich schlichtete alle meine Sachen an die Felswand und kauerte mich dazu, um abzuwarten. Ganz so Angst wie das letzte Mal in der Nacht hatte ich nicht, aber meine Zuversicht wurde schnell eines Besseren belehrt, denn plötzlich und ohne Vorwarnung riss mit einem fürchterlichen Ruck mein gesamter Unterstand weg, und das ganze Wasser floss in die Felsspalte. Der Wind musste unter die Holzkonstruktion gekommen sein und sie hochgehoben haben, was ich nie für möglich hielt, da die Äste alle im Boden eingebuddelt waren, anscheinend aber nicht fest genug. Nun pfiff der Wind neben dem einfließenden Wasser ungehindert in die Felsspalte. Ich war den Elementen schutzlos ausgeliefert und kam mir ganz klein und hilflos vor. Schnell stopfte ich meine Sachen in eine kleine Nische, die über dem Boden lag, damit sie trocken blieben, allerdings war ich in Sekundenschnelle durchnässt.

Ich fluchte über diese gottverdammte Insel und hatte keinen Bock mehr, denn eigentlich passierte eine Scheiße nach der anderen. Hatte man sich mit einer Sache einigermaßen arrangiert, kam eine neue Situation, die alle Freude wieder zunichte machte. Vor Wut kochend wartete ich, bis der Sturm abflaute. Immerhin war ich ja auch außerhalb der Regen- und Taifunzeit hier, eigentlich dürfte es solche Stürme überhaupt nicht geben, oder die in der Regenzeit waren noch viel schlimmer, was ich mir überhaupt nicht vorstellen konnte. Als ich ins Freie trat, war eine größere Palme in unmittelbarer Nähe umgeknickt. Der Wind blies immer noch ziemlich stark und der Himmel war bewölkt, aber die Sonne, welche schon tief am Horizont stand, sah man schon wieder. Das Wasser versickerte relativ schnell, so dass ich meine Entscheidung, mich abholen zu lassen, doch etwas voreilig fand.

Zumindest schaltete ich die Kamera ein und ließ wenigstens hier meiner Wut freien Lauf:

»Hallo, ich bins, euer Vorabendzeitvertreib. Während ihr hier mit Bier und Chips stumpfsinnig auf euren Couchs eure Hintern platt sitzt und euch als Voyeur an meinen Leiden aufgeilt, erlebe ich wenigstens etwas und mache etwas Außergewöhnliches. Allerdings hat mein liebes Produktionsteam mir verschwiegen, dass es auf dieser scheiß Insel ständig Stürme und nichts anständiges zu fressen gibt. Deswegen will ich entweder 50000 Euro extra, oder ihr könnt mich sofort abholen.«

So, jetzt gings mir besser. Entweder die Wichser würden mich abholen, dann könnte ich zu Hause meine Familie in die Arme schließen und auch ein Bier im Fernsehsessel trinken oder die letzten elf Wochen würden sich zumindest finanziell lohnen.

Ich aß ein paar Brocken Fleisch, trank etwas und baute mir mit Palmenblättern als trockene Unterlage ein provisorisches Nachtlager in meiner Felsspalte. Morgen musste ich mir auf jeden Fall einen neuen Unterstand bauen. Ich ritzte an einem dicken Baumstamm noch sieben Kerben ein und stellte doch etwas zufrieden fest, dass ich in der ersten Woche einige Gefahren, mit denen man in einem zivilisierten Leben nicht einmal annähernd konfrontiert wurde, doch einigermaßen unbeschadet überstanden hatte. Eigentlich war es ja auch meine Entscheidung, dieses Spektakel mitzumachen, damit ich einmal für drei Monate aus dem Alltagstrott herauskam um auf meine alten Tage eine gänzlich neue Erfahrung zu machen. Hatte ich nicht schon all die letzten Jahre davon geträumt, mich einmal im Leben selbst zu beweisen, und nicht von früh bis spät im Büro zu buckeln und immer zu funktionieren, auch wenn man den ganzen Tag nicht einmal richtig Spaß hatte? Hier waren die Tage trotz aller Entbehrungen ein wahnsinnig intensives Erleben, also konnten mir eigentlich die Zuschauer und die Deppen vom Fernsehteam egal sein. Mit diesen Gedanken glitt ich doch irgendwann etwas zufriedener ins Reich der Träume. Was würden wohl die nächsten Tage bringen?

Es geht weiter

Gleich bei Sonnenaufgang ging ich einigermaßen bei Kräften ans Werk, denn ich hatte doch überraschenderweise trotz der engen Felsspalte gut geschlafen. Wie ein paar Tage zuvor schnitt ich mit meinem Messer unzählige Äste zurecht und verband sie mit dünnen Pflanzenfasern. Jetzt versenkte ich aber die Enden tiefer in die Erde und festigte den Boden zusätzlich mit nassen Lehm. Diesen verwendete ich auch reichlicher, um mein Geflecht mit dem Felsen zu verbinden. Das nahm diesmal so viel Zeit in Anspruch, dass ich volle drei Tage beschäftigt war. Sie vergingen rückblickend wie im Flug und ich war guter Dinge, die drei Monate doch locker zu überstehen. Abgeholt wurde ich auch nicht, also musste das Team auf meine zornige Forderung eingegangen sein, die zusätzlichen 50000 Euro waren im Vergleich zu dem was die Sendung einspielte eh nur Peanuts.

Nachdem ich mein Gürteltierfleisch aufgebraucht hatte, ernährte ich mich wieder von Fischen, diese waren wesentlich leichter zu fangen und zuzubereiten, auch hatte ich zumindest eine Art Beerensorte gefunden, die man bedenkenlos essen konnte um meinen Vitamin C-Speicher aufzufüllen. Ernährungstechnisch konnte also auch nichts mehr schief gehen. So verbrachte ich die folgenden Tage in träger Gelassenheit. Nachts schlief ich mittlerweile ruhiger, ein positiver Aspekt war auch, dass es auf der Insel keine Moskitos gab, nur ein paar kleine Sandmücken, die zwar auch stachen, aber eben nur vereinzelt im Sand vorkamen. Das Moskitonetz nahm ich nachts nur zum Schutz vor irgendwelchen

Krabbelviechern und Schlangen, da ich dieses auch unterhalb des Schlafsackes hindurchführte. In meinen Berichten versuchte ich jetzt cooler zu wirken, machte so oft wie möglich ein paar Scherzchen und erklärte alles ganz genau, damit sich meine Zuschauer nicht langweilten. Meinen Ausraster in der vorigen Woche erwähnte ich überhaupt nicht mehr.

In der dritten Woche ereignete sich dann allerdings doch etwas, das mir fast zum zweiten Mal das Leben gekostet hätte. Auf meinem täglichen Weg zum Angeln - auf die zähen Gürteltiere konnte ich noch zweieinhalb Monate verzichten - passierte es. Ich musste mit meinem Arm einen tieferhängenden Ast berührt haben, denn plötzlich spürte ich einen wahnsinnigen Schmerz in meinem Oberarm. Gerade sah ich noch eine giftgrüne Schlange wegkriechen, allerdings nahm ich das nur noch aus den Augenwinkeln wahr. Scheiße, ich wurde von so einem verdammten Biest von Schlange gebissen, die erste, welche ich sah und gleich ein Biss.

Mir wurde zwar mitgeteilt, dass es sehr giftige, aber keine tödlichen Schlangen auf dieser Insel geben sollte, aber weiß mans, die Heinis konnten sich ja täuschen, die haben bestimmt nicht die Giftzähne von jeder einzelnen Schlange getestet. Der Schmerz breitete sich wie Feuer in meinem Körper aus, ich versuchte Panik zu vermeiden, obwohl ich vor Schmerz halb bewusstlos war, mein Adrenalinspiegel sauste in die Höhe, ich wusste sofort, wenn ich ohnmächtig werden würde, wäre das mein sicherer Tod, oder?

»Also erst einmal ganz ruhig Klaus«, flüsterte ich mir eindringlich zu.

Ich setzte mich, band meinen Gürtel oberhalb der Einbissstelle um meinen Oberarm und ritzte vorsichtig mit dem Messer in die Wunde um sie zu vergrößern, damit das Gift durch die Blutung so gut wie möglich herausgespült wurde. Allerdings wusste ich natürlich nicht genau wie tief das sein musste, zudem konnte ich keinen klaren Gedanken mehr fassen. Jetzt kam wieder mein Notfallset zum Einsatz, ich hatte ja angeblich ein Breitbandserum speziell gegen Schlangenbisse dabei. Ich schaffte gerade noch mit meiner rechten brauchbaren Hand das Serum herauszupfriemeln, aus der Verpackung zu reißen und mir in den Arm zu jagen. Man musste die Spritze Gott sei Dank nur auf die Haut an irgendeiner Stelle aufsetzen und das Serum injizieren, egal an welcher Stelle, denn es sollte ja nur ins Gewebe gehen. Ich löste den Gürtel am Arm, nicht dass mir dieser abstirbt, dann war mein letzter Gedanke noch, ob mir vielleicht verschwiegen wurde, dass es tödliche Schlangen gab, bevor mir schwarz vor den Augen wurde und ich zusammensank.

Ich befand mich in einer Art Dämmerzustand, in dem ich mir abwechselnd einbildete, ich würde von einem Monster auf der Insel zerfleischt oder das Gift zersetzt langsam meine Organe. Die Schmerzen waren unerträglich, allerdings flammten sie nur in Schüben auf, sie kamen plötzlich und waren dann auch wieder einfach verschwunden. Ich lag am Boden und konnte mich nicht mehr bewegen. War das mein unrühmliches Ende?

Schweißgebadet, aber dennoch vor Kälte zitternd, hatte ich nach einer gefühlten Ewigkeit langsam wieder das Gefühl, dass mein Kopf etwas klarer wurde, was aber leider nicht bedeutete, dass die Schmerzen nachließen. Sie beschränkten sich glücklicherweise aber nur auf meinen Arm, meine Organe schienen noch zu funktionieren. Vielleicht hatte das Serum tatsächlich geholfen. Ich rappelte mich hoch und schleppte mich in mein Lager zurück, das ich gerade noch bis zur Dämmerung erreichte. Die Bisswunde hatte sämtliche unnatürliche Farben angenommen, sie sah aus wie faulendes Fleisch. Meine Angst war immer noch da, dass ich diesen Vorfall nicht überleben konnte, aber irgendwie war mir es diesmal seltsam egal, vielleicht eine Art Trotzreaktion oder das Gift der Schlange. Ich trank ausreichend Wasser, verkrümelte mich in meinen Schlafsack und sank in einen alptraumhaften Schlaf, wobei mich ständig der Schmerz hochschrecken ließ.

Am nächsten Tag konnte ich meinen Arm immer noch nicht bewegen, aber ich entschied mich nicht mit dem eigens dafür vorgesehenen Handy einen Notruf abzusetzen (nur das war mit diesem Teil möglich, die Kamera sollte ich dafür nicht verwenden, warum wusste ich auch nicht), denn ich war noch am Leben, und irgendwie dachte ich mir, werde ich jetzt auch das überstehen, zumal ich mich wieder etwas kräftiger fühlte, obwohl sich die Bissstelle noch mehr verfärbt hatte und das Fleisch ringsherum seltsam aufgequollen war. Der Oberarm bereitete mir auch noch unvorstellbare brennende Schmerzen, allerdings ließen sich diese jetzt mehr lokalisieren und breiteten sich nicht im ganzen Körper aus.

Dennoch konnte ich nicht längere Zeit nur mit einem brauchbaren Arm auf der Insel überleben. Würde sich dies im Laufe des Tages nicht bessern, musste die Aktion doch abgebrochen werden. Ich aß erst einmal etwas Kokosnussfleisch, das ich noch auf Vorrat hatte, und legte mich am Strand in die Sonne. Meine Stimmung hellte sich etwas auf, irgendwie fand ich mich wieder großartig und ich war stolz auf mich, denn ich hatte es nicht nur geschafft, mich auf diesem gottverlassenen Eiland gemütlich einzurichten, ich hatte bis jetzt auch zwei lebensgefährliche Situationen überstanden. Und wie zur Bestätigung meiner Gedanken konnte ich meinen Arm wieder etwas bewegen, obwohl dies noch sehr schmerzte.

»Alles wird gut«, dachte ich zufrieden.

Am nächsten Tag konnte ich sogar wieder angeln, was auch höchste Zeit wurde, denn ich benötigte dringend energiereiche Nahrung. Bei meinen Wegen durch das Inselinnere passte ich jetzt besonders auf wo ich hintrat und versuchte dabei auch nicht mehr Pflanzen und Bäume zu streifen, was natürlich nicht immer gelang. Wenigstens wusste ich jetzt, dass man einen Schlangenbiss überleben konnte. Ich hatte zwar bestimmt eine Woche lang noch Schmerzen, aber schon am dritten Tag nach dem Biss konnte ich meinen gewohnten Tätigkeiten wieder nachgehen, auch nahm die Haut an der Bissstelle langsam wieder ihre gewohnte Farbe an.

Nach den turbulenten ersten sechs Wochen meines Abenteuers stellte sich in der zweiten Hälfte so etwas wie Normalität ein. Ich wurde viel gelassener und entspannter, was höchstwahrscheinlich an der Routine lag, die sich nach dieser Zeit bei den immer gleich bleibenden Tätigkeiten ergab. Nicht zuletzt ging die Reise auch langsam ihrem Ende entgegen. Dabei stellte sich ein Gefühl der Zufriedenheit und inneren Ruhe ein, da auch endlich mal eine Zeit lang keine unvorhergesehenen Ereignisse eintraten. So verbrachte ich meine Tage mit Angeln, Kokosnüsse knacken, Fische zubereiten, Ausbesserungsarbeiten am Unterstand und natürlich Kameraberichte abliefern. Die kleinere Kamera hatte ich immer bei meinen Ausflügen dabei, sozusagen die Cam für die Lifeaction, während die größere mit einem kleinen Stativ bei meinem Lager stand. Diese benutzte ich bei meinen täglichen Zusammenfassungen des Tagesablaufs. Meinen Berichten widmete ich zunehmend mehr Zeit, denn ich fand langsam Gefallen daran, all meine Tätigkeiten genau zu dokumentieren. Dabei ließ ich immer wieder einmal auch philosophische Gesichtspunkte mit einfließen, wie zum Beispiel über den Sinn des Lebens und was eigentlich ein glückliches Leben ausmacht. So steuerte ich dem Ende meines größten Experiments entgegen, was ich bisher in meinem Leben wagte, hoffte auch zu Hause viele Dinge von nun an aus einer anderen Perspektive zu betrachten und dementsprechend anders mit ihnen umzugehen und verbrachte dennoch in froher Erwartung noch glückliche Tage meines Inseldaseins.

Beginnende Unruhe

In der letzten Woche steigerte sich dann doch meine Nervosität, denn irgendwie konnte ich es doch nicht mehr erwarten, meine Familie zu sehen, mit meinen Freunden ein gemütliches Bier zu trinken und allen von meinen Abenteuern zu erzählen. Mit dem verdienten Geld konnte ich mir vielleicht sogar überlegen früher in Rente zu gehen um ausführlich meinen Hobbys nachzugehen. Ich konnte mir sogar vorstellen ein Buch über mein Inselleben und die daraus gewonnenen praktischen Tipps für ein glückliches Leben zu veröffentlichen. Rückblickend wollte ich aber meine dreimonatige Erfahrung, sowohl aus physischer als auch psychischer Sicht nicht missen.

Endlich war nach meinen Berechnungen der Tag da, an dem ich abgeholt werden sollte. Genau drei Monate. Ich wachte in gespannter Erwartung früh am Morgen auf, filmte noch mal alles ausführlich, packte meine zehn Sachen und lauschte auf jedes kleine Geräusch und glaubte ständig ein leises Helikopterbrummen wahrzunehmen, was sich dann doch als nur ein blödes Insekt herausstellte. Gegen Nachmittag wurde meine Anspannung langsam unerträglich.

Ich nahm ein erfrischendes Bad, aß noch meine letzten Vorräte auf, doch als sich langsam die Sonne gegen den Horizont senkte, schaltete ich die Kamera ein und ließ wieder einmal meiner Wut freien Lauf: »Wenn ihr denkt, ihr könnt ein weiteres Experiment mit mir machen und mich noch ein paar Wochen auf der Insel zappeln lassen, dann verklage ich euch auf Schadensersatz bis an mein Lebensende.«

Ich schrie noch ein paar unflätige Bemerkungen und beschloss, falls tatsächlich heute keiner mehr kommen sollte, am nächsten Tag das Notfallhandy zu benutzen, um festzustellen, ob ich mich bei den Tagen verzählt hatte, was ich aber nicht glauben konnte.

In der Nacht machte ich kaum ein Auge zu. Die ganze Zeit freute man sich auf diesen einen Augenblick, die Rotorgeräusche des Hubschraubers zu hören und zu denken: »Ja ich habs geschafft, ich bin ein Held!«

Doch dann passierte nichts, einfach nichts. Meine Familie will mich doch bestimmt in die Arme schließen, oder etwa nicht? Gerädert stand ich bei Tagesanbruch auf, und beschloss erst abends anzurufen, falls ich mich doch um einen Tag geirrt hatte. Ich versuchte mich zu entspannen, was mir nur leidlich gelang und sehnte wieder das einzig erlösende Geräusch herbei - doch es geschah nichts. Das kann nicht wahr sein! Ich dachte ich bin im falschen Film, mit so einer Situation hatte ich überhaupt nicht gerechnet. Sogar das Beinahe-Ertrinken und der Schlangenbiss waren für mich handelbarer als dieses verdammte Warten.

Völlig aufgelöst und zitternd griff ich am Abend zum Handy und wählte das erste Mal die Notfallnummer. Bestimmt würde sich gleich alles in Wohlgefallen auflösen. Doch was hörte ich da? Ein Rauschen, nicht einmal ein Freizeichen! Völlig in Panik wählte ich noch mal die Nummer, wieder nur Rauschen. Wie wild tippte ich die Nummer meines Zuhauses ein, vielleicht war das Handy ja auch als ganz normales Telefon zu gebrauchen und ich konnte mir von meinen Vertrauten Hilfe erbitten, aber auch dasselbe Geräusch, was mich jetzt bereits in den Wahnsinn trieb. Heulend ließ ich mich in den Sand sinken. Ich schluchzte so heftig, dass ich gar keine Luft mehr bekam.

Jetzt begann mein Hirn zu arbeiten, ohne dass ich es noch beeinflussen konnte: »Ja ich hab die Lösung, ich bin einem Mordkomplott aufgesessen. Klar, so musste es sein! Ich war gar nicht im Fernsehen zu sehen. Das Spiel war alles abgekartet. Das Fernsehteam, die Bewerber, meine Freunde, meine Familie, alle wussten davon, dass dies ein Aufenthalt ohne Wiederkehr sein sollte. Sie haben mich einfach auf der Insel ausgesetzt, ohne mich jemals wieder abholen zu wollen. Nach einiger Zeit werde ich einfach vergessen sein.«

Je länger ich mich solchen Hirngespinsten hingab, desto weniger konnte ich einen Sinn dahinter entdecken. Das Ereignis wurde doch sogar in einigen Medien angekündigt. Es wussten auch einfach zu viele Leute davon. Und wer sollte mir Böses wollen oder mich sogar umbringen. Einfach unmöglich. Aber eine Erklärung musste es doch geben. Mir wurde auch schlagartig bewusst, dass dies, wenn mich hier keiner abholen würde, für mich den sicheren Tod bedeutete. Die nächste bewohnte Insel war mehrere hundert Seemeilen entfernt, da half nicht mal das beste selbstgebaute Floß von Tom Hanks um dort hinzukommen.

Gefangen

Die nächsten Tage war ich nur ein Schatten meiner selbst. Ich vegetierte eher anstatt zu leben. Mechanisch spulte ich die Nahrungsaufnahme und sonstige lebenserhaltende Maßnahmen ab. Mein Gehirn war wie leergepumpt, die Situation, welche sich jetzt ergeben hatte, war einfach unvorstellbar, nicht zu begreifen. Dachte ich darüber nach, verspürte ich unvorstellbare seelische Schmerzen, fühlte mich verloren und im Stich gelassen. Ständig versuchte ich mit dem Handy zu telefonieren, bis der Akku leer war.

Die Tage kamen und vergingen ohne besondere Ereignisse. Ich fühlte mich zunehmend ausgemergelter und schwächer, ich wurde total antriebslos. Mich überraschte nicht einmal so sehr, dass ich nach einiger Zeit vergessen hatte, die Tage zu zählen. In einigen lichten Augenblicken versuchte ich mir zaghaft Mut einzureden »das kann alles nur ein banales Missverständnis sein, vielleicht sogar nur ein blödes Spiel um mich zu testen«, das hielt aber immer nur für einen Moment. Nach ein paar Wochen musste ich dann doch feststellen, dass ich nicht mehr lange leben würde, der Schock saß einfach zu tief und war zu überraschend, ich konnte keine neue Kraft zum Weitermachen schöpfen. Ich war ja auf diese verdammte Insel unter ganz anderen Voraussetzungen gekommen, habe mich voll und ganz nur auf diese drei Monate fixiert, für einen modernen Robinson Crusoe war meine Psyche keinesfalls geschaffen.

Jetzt wurden auch die großen Akkus der Kamera schwächer, sie waren ja nur für einen Zeitraum von ungefähr drei Monaten bestimmt. Meine letzte Verbindung zur Außenwelt. Bevor sie ganz verlöschten, schrie ich nochmals meine Wut und Verzweiflung in die schwarzen Scheißdinger, bevor ich sie dann wie eine Furie an den Felsen zertrümmerte.

Nachts fand ich ebenfalls keinen erholsamen Schlaf mehr, ich hatte ständig Albträume, in den letzten Nächten komischerweise oft von grellen Lichtblitzen, die mir am Morgen jedes Mal ziemlich real vorkamen. Meine körperliche Verfassung veränderte sich damit einhergehend rapide. Meine Haare fielen mir büschelweise aus, ich hatte den ganzen Tag wahnsinnige Kopfschmerzen, meine Haut war vollkommen gerötet und ich musste mich öfters einfach so übergeben, obwohl ich mich doch an das Essen gut gewöhnt hatte. Musste wohl irgendwie mit meinem seelischen Zusammenbruch zu tun haben, vielleicht hatte sich auch ein Vitaminmangel eingestellt, so was kann sich ja erst nach einer gewissen Zeit bemerkbar machen. Warum sonst sollten mir die Haare ausfallen? Nach einiger Zeit hatte ich fast eine Vollglatze. Die ständige Übelkeit, die Kopfschmerzen und das Jucken der Haut brachten mich an den Rand des Wahnsinnigwerdens, zudem wurde ich immer schwächer. Jetzt war ich nicht nur mental, sondern auch körperlich ein gebrochener Mann.

Das Zeitgefühl kam mir langsam abhanden, ich konnte vielleicht ein paar weitere Wochen auf meinem Eiland zugebracht haben, es könnten aber auch einige Monate gewesen sein. Ich schaffte gerade die einfachsten Tätigkeiten zu verrichten, war aber danach immer völlig erschöpft, zudem war ich total abgemagert.

Meine aufgezählten Symptome blieben, haben sich aber nach weiteren Wochen, keine Ahnung wie viele, alle komischerweise wieder leicht gebessert: Die Haare begannen wieder langsam zu wachsen, ich konnte wieder etwas mehr essen, ohne dass es mir gleich übel wurde, auch fühlte ich mich wieder etwas kräftiger. Wie kann man einen Vitaminmangel mit der selben Ernährungsweise überwinden? Trotzdem war meine Gesamtkonstitution besorgniserregender denn je, ich hatte mich einfach aufgegeben und sah in einem weiteren einsamen Überlebenskampf keinen Sinn mehr.

So fasste ich eines Morgens einen folgenschweren Entschluss: Ich wollte mein Leben vorzeitig beenden, bevor ich die nächsten Wochen weiterhin so dahinsiechte. Dass ich die Insel nicht mehr lebend verlassen würde, war mir nämlich jetzt klar. Weiß der Teufel, warum ich hier festsaß, ich wollte und konnte mir aber darüber keine Gedanken mehr machen, sie quälten mich unendlich. Nun musste ich mich natürlich damit auseinandersetzen, wie ich mich am besten umbringen sollte. In die Fluten stürzen und mich einfach aufs offenen Meer hinaustreiben lassen, vielleicht mit einem schweren Stein am Fuß gebunden? Was war aber mit Haien? Das wäre bestimmt ein scheiß Tod, so wie in dem Film Open Water. Mich absichtlich von einer Schlange beißen lassen? Das würde ich bestimmt bei meinem jetzigen Zustand nicht überleben. Aber die Schmerzen, die man dabei noch erleidet! Oder an einem Baum mit einer Liane erhängen? Allerdings muss man dabei nicht sofort sterben, was ich schon in einigen Western gesehen hatte. Endlich wusste ich die Lösung: Ich wollte mir mit meinem Messer die Pulsadern aufschneiden und mich langsam ausbluten lassen. Bei Blutverlust wurde man nur langsam müde und dämmert dann schließlich weg ohne Schmerzen zu verspüren. Um mir die Arme aufzuschneiden musste ich mich nicht überwinden, denn ich war am Ende, da war ich mir bei meinen Planungen sicher.

Ich gab mir noch einen Tag Zeit, konnte aber nicht einmal einen Abschiedsbrief schreiben, da zu meinem Notfallset kein Schreibzeug gehörte. Also ritzte ich in einen großen Baum nahe meines Lagers mit dem Messer: »Warum lasst Ihr mich nicht zurückkommen?«

Eigentlich konnte es mir ja jetzt egal sein, aber wenigstens hatte ich noch mal direkt gefragt, falls überhaupt jemals einer die Insel betreten wird. Dann schmiss ich meine komplette Ausrüstung ins Meer, um nicht auf die Idee zu kommen, mich doch vor dem Verbluten retten zu wollen.

Ich sinnierte gedankenverloren vor mich hin und beobachtete meine schnell wegtreibenden Gegenstände, als ich plötzlich so etwas Unfassbares entdeckte, dass es mein Gehirn einfach nicht verarbeiten konnte: Ein Boot tauchte am Horizont auf.

2.Teil

Das Boot

Tatsächlich, es war ein Boot, keine Fatahmorgana, kein Treibgut oder sonst irgendetwas, denn ich konnte allmählich Personen auf dem Boot erkennen, es handelte sich um ein ca. 40 Fuß langes Segelboot mit gesetzten Segeln.

Schlagartig begann mein Verstand wieder auf vollen Hochtouren zu arbeiten: »Konnte das wirklich der lang ersehnte Rettungstrupp sein?«

Je länger ich hinstarrte und je näher sie kamen, desto unwahrscheinlicher wurde dies.

»Waren es vielleicht Piraten?«

Die Personen, ich machte so ungefähr vier an der Zahl aus, machten einen ziemlich apathischen Eindruck, denn sie bewegten sich kaum und ließen keine Gefühlsregungen erkennen, schließlich waren sie bereits ziemlich nah an der Küste. Was wollten sie dort? Sollte ich mich bemerkbar machen? Drohte mir Gefahr? Völliger Blödsinn! Hatte ich überhaupt noch was zu verlieren? Die Leute würden wahrscheinlich meinen Verstand retten und waren daher so oder so meine einzige Überlebenschance und mein Tor zur Freiheit.

Ich schrie aus Leibeskräften: »Hallo, hierher, hier könnt ihr gut anlegen, ich sitze auf der Insel fest, holt mich ab.«

Unterhalb des Felsens war eine größere Bucht, die durch eine vorgelagerte Landzunge vor größerem Wellengang geschützt wurde. Und tatsächlich, sie steuerten auf diese Bucht zu.

Ich fuchtelte wie wild mit den Armen, um die richtige Richtung anzuzeigen: »Hier rein, immer gerade aus.«

Die Mannschaft sah mich zwar, gab aber keine Antwort, mir war fast so, als wäre ich ihnen völlig gleichgültig. Komischerweise starteten sie nicht den Motor, sondern versuchten mit dem Hauptsegel langsam vor dem Wind in die Bucht einzusegeln. Die Schot hatten sie eingeholt. Das Manöver schien zu klappen, der Wind kam schwach von hinten, anscheinend waren es gute Segler, ein bisschen kannte ich mich auch aus, denn ich hatte ebenfalls einen Segelschein, allerdings nur für Jollen und keinen für große Segeljachten.

Jetzt vernahm ich auch eine einzelne Stimme: »Raff mehr das Segel, siehst du nicht, dass wir zu schnell sind«.

Irgendwie klang das nach einem österreichischen Dialekt. Der Mann, der das einem anderen hinter dem Segel zurief, sah ziemlich runtergekommen und verwildert aus. Die Kleider hingen in Fetzen, Haare und Bart waren total ungepflegt. Das ließ ihn zusammen mit der schneidenden Stimme gefährlich wirken. Allerdings hatte ich mich schon seit langer Zeit nicht mehr selber im Spiegel betrachtet.

Als schien die seltsame Mannschaft meine Gedanken zu erraten, starrten sie jetzt doch alle auf einmal mich an. Ich begann mich schlagartig unwohl zu fühlen.

»He, Einsiedler, ist die Insel bewohnt?«, rief der Ungepflegte.

Wahnsinn, die ersten Worte nach weiß ich wie langer Zeit, die ein menschliches Lebewesen an mich richtete. Und in ein paar Stunden wäre ich ausgeblutet auf der Insel gelegen.

»Nein, aber hier gibt es alles, was man zum Überleben braucht«, krächzte ich aufgeregt zurück.

Somit war klar, dass dies nicht mein persönlicher Rettungstrupp war und diese Menschen nicht einmal von dem Fernsehprojekt wussten. Wahrscheinlich wurde diese scheiß Sendung in Österreich überhaupt nicht ausgestrahlt.

Nun wurde der Anker zu Wasser gelassen und das Beiboot, ein kleines Schlauchboot, das mit einer Leine hinterhergezogen wurde, klargemacht. Nachdem ein anderer Mann noch eine scheinbare Ewigkeit geprüft hatte, ob der Anker auch gegen den Wind und die Strömung hielt, stiegen alle fünfte, sofern sich nicht noch einige unter Deck befanden, waren es also doch weniger, ins Boot und zwei ruderten zu mir in Richtung Strand. Meine Nervosität steigerte sich ins Unermessliche. Schließlich war ich menschliche Kontakte seit geraumer Zeit überhaupt nicht mehr gewohnt. Die Mannschaft saß jetzt wieder schweigend im Boot und näherte sich langsam dem Strand. Ich bildete mir ein, dass auf meinen Besuchern eine seltsame Niedergeschlagenheit lastete, allerdings war das nur so ein Gefühl, was sich durch das Schweigen, das Fehlen jeglicher Gefühlsbekundungen und das verlotterte Aussehen von allen verstärkte.

Jetzt konnte ich nämlich ziemlich gut alle Personen erkennen und stellte fest, dass nicht nur der Mann, sondern alle total fertig aussahen. Ein Fun-Segeltörn schaute auf jeden Fall anders aus. Es waren insgesamt drei Männer und zwei Frauen. Irgendwie hatte ich das dringende Bedürfnis das Schweigen mit einer ausgelassenen

Bemerkung zu überbrücken, denn das Boot war nur noch wenige Meter vom Ufer entfernt, obwohl ja eigentlich ich derjenige war, der Aufheiterung brauchte.

»Willkommen auf meiner Trauminsel, kühle Getränke werden gleich von meiner Angestellten gereicht.«

»Hey, wir haben es hier mit einem kleinen Spaßvogel zu tun, oder bist du einer von den Durchgeknallten«, bemerkte der eine Mann spöttisch, welcher von der Statur der größte war und wie der geborener Anführer trotz oder gerade wegen seines runtergekommenen Aussehens wirkte.

Mir verging aufgrund der herzlichen Begrüßung schlagartig die Lust, weitere Scherze zu machen und mein Instinkt ließ mich sofort in Alarmbereitschaft gehen, denn diese Leute, vor allem der eine Mann, kamen nicht zum Ausspannen auf die Insel.

»Scheiße, warum konnte ich nicht einmal Glück haben und von netten Leuten empfangen werden«, dachte ich traurig.

Kühl und ohne einen weiteren Piep verlauten zu lassen, innerlich aber vor Aufregung zitternd, betrachtete ich, wie die blöde Crew das Schlauchboot an Land zog und langsam auf mich zukam, denn Freundschaft würde ich höchstwahrscheinlich nicht mehr mit ihr schließen wollen.

Die unglaubliche Wahrheit

Misstrauisch beäugten wir uns. Insgesamt waren es fünf. Der eine Mann mit der rauen Stimme war circa einen Meter neunzig, also ein paar Zentimeter größer als ich, durchtrainiert und ungefähr in meinem Alter. Daneben stand eine Frau, bei der meine Blicke etwas länger verweilten, da sie unglaublich geil aussah. Auch relativ groß, blonde, halblange Haare und unglaublich lange Beine, die mit ihrer kurzen Jeans voll zur Geltung kamen. Die Brüste schienen mich unter ihrem engen Top anspringen zu wollen. Schlagartig wurde mir bewusst, wie lange ich keine Frau mehr hatte. Daneben stand ein älterer Mann, der musste bestimmt schon an die sechzig sein, hatte eine Brille und machte einen ziemlich intelligenten Eindruck.

Hinter ihm war ein jüngeres Pärchen, denn sie hielten Händchen, ein komischer Anblick in dieser Situation. Beide schienen so Mitte zwanzig und verängstigt. Sie hatte, glaube ich, auch eine ansehnliche Figur, während er eher wie ein Milchbubi aussah.

Der Große sprach mich zuerst an: »Na, auch auf der Flucht?«

»Aha, auf der Flucht«, dachte ich, »die müssen doch irgendetwas ausgefressen haben.«

»Nee, ihr werdets nicht glauben, ich habe mich freiwillig auf der Insel für eine blöde Fernsehserie aussetzen lassen, bloß haben die mich bisher vergessen abzuholen.«

Ungläubig starrten sie mich an.

»Du verarschst uns!«, erwiderte der Alte mit einem aggressiven Ton.

»Ist mit scheißegal, ob ihr mir glaubt. Was wollt ihr überhaupt auf der Insel, Urlaub machen oder seid ihr auf der Flucht?«, baffte ich zurück.

»Sag mal bist du wirklich so blöd?«, meinte wieder der Anführer.

Jetzt beteiligte sich die Hübsche an seiner Seite: »Sag mal Cedric, vielleicht war das ja wirklich so, das würde auch erklären, dass er all die blöden Fragen stellt.«

»O.K.«, meinte der Alte, »du weißt was im letzten Monat passiert ist?«

»Nee, woher, ich sitze ja in der letzten Zeit auf dieser scheiß Insel fest.«

Jetzt schaltete sich auch wieder der Chef ein, die Ungläubigkeit stand ihm ins Gesicht geschrieben: »Du weißt nicht, dass die Welt in ihrer bisherigen Form nicht mehr existiert?«

Ich starrte ihn fassungslos an. Was hatte der gerade gesagt? In den Gesichtern konnte ich sofort erkennen, dass ich nichts von dem wissen konnte, sonst hätte ich allem Anschein nach für sie anders reagieren müssen. Jetzt wurde mir auch klar, dass die Besatzung nicht auf der Flucht war, sondern vor irgendeiner schlimmen Katastrophe floh, was auch ihr runtergekommenes Aussehen und den teilweise apathischen, ängstlichen Eindruck erklärte.

Cedric antwortete jetzt auf einmal mit einer viel sanfteren Stimme: »Dann müssen wir dir wohl das alles erzählen, ich glaube, du bist der letzte Mensch auf der Erde, der von alledem nichts mitbekommen hat. Bloß lass uns mal aus der Sonne rausgehen und ein schattiges Plätzchen suchen.«

Wir gingen vom Strand weg und setzten uns in den Schatten einer Palme. Ich bot Wasser zum Trinken an, was dankend angenommen wurde. Meine Nerven waren nun schon zum zweiten Mal zum Zerreißen angespannt. Was würde ich für Neuigkeiten erfahren, die anscheinend die Welt verändert hatten? Übertrieben die Neuankömmlinge da nicht maßlos?

»Pia, los erzähl du!«, meinte Cedric.

»Also gut«, erwiderte sie, »von der angespannten Sicherheitslage im Nahen Osten hast du ja zu Hause auch noch etwas mitbekommen, oder? In Syrien geriet Baschar al-Assad zunehmend unter Druck, da auch hier die Bevölkerung gegen sein autoritäres Regime demonstrierte. Er ließ alles mit Waffengewalt unterdrücken. Als immer mehr Leute auf die Straßen gingen, kam es zu den ersten Morden, wenig später wurden bereits systematisch alle Aufständigen inklusive ihrer Familien durch sein Militär niedergemetzelt. Die Nato war schon kurz davor ähnlich wie in Libyen trotz des Vetos von Russland und China Flugeinsätze zu planen, da sich ein Widerstand in Syrien organisierte, der aber gegen das Regime von Assad mit seinen spärlichen Waffen keine Chance hatte. So wurden immer mehr Syrer niedergemetzelt. Der Machthaber musste aber geahnt haben, dass es ihm früher oder später wie Gaddafi gehen musste. Assad bat den Iran um Hilfe, falls die USA Flugeinsätze gegen sein Land plane. Ahmadinejad kam diese Bitte wie gerufen, um von seinen eigenen Problemen im Land ablenken zu können. Er spielte den Märtyrer und drohte sogar mit den Einsatz seiner Atomwaffen, die er nach Untersuchungen der CIA inklusive geeigneter Trägersysteme schon längst besaß, sobald die ersten Militärjets die syrische oder iranische Grenze überqueren sollten. So kam es dann zur Katastrophe. Trotz der atomaren Bedrohung wurde ein Eingreifen von der Nato beschlossen, sehr zum Ärger von Russland und China, die beide Diktatoren weiter mit Waffen versorgten. Wahrscheinlich spielten mal wieder wirtschaftliche Interessen die erste Geige. Wie es dann zur nuklearen Kettenreaktion gekommen ist, weiß keiner mehr. Man vermutete, dass Ahmadinejad tatsächlich seine Atombomben auf gleich mehrere Staaten des Bündnisses abfeuerte. Auf jeden Fall kam es in vielen westlichen Staaten zu Atomexplosionen. Daraufhin starteten nicht nur die USA, sondern anscheinend auch Russland und China ihre Bomben, obwohl wahrscheinlich nur der kleine Aggressor Iran dafür verantwortlich war. Die spärlichen Informationen, die man mit dem Radio noch empfing, gingen von einem fatalen Irrtum im Verteidigungssystem aus. Iranische Hacker sollen sowohl in chinesischen, russischen als auch amerikanischen Computern des Militärs gleichzeitig Fehlinformationen eingeschmuggelt haben, was dann letztendlich durch einige Kurzschlusshandlungen von führenden Politikern und Militärs zu der Katastrophe führte.

Wir waren gerade auf einem Segeltörn des Steirischen Segelverbandes an der australischen Ostküste, als wir einen gigantischen Lichtblitz in der Nacht wahrnahmen. Wir brachen sofort unsere Reise ab und liefen den Hafen von Brisbane an. Was wir dort sahen, verschlug uns den Atem. Heilloses Chaos schon beim Einlaufen. Schiffe fuhren kreuz und quer, liefen hektisch aus oder legten an. Als wir unbeschadet unsere Yacht an einem Anlegeplatz festmachten, fragten wir uns so durch, was überhaupt passiert war. Allerdings erhielten wir nur sehr spärlich brauchbare Informationen, da die meisten Menschen mit sich selbst beschäftigt waren, unsere Fragen gar nicht wahrnahmen und ziellos, die meisten sogar panisch, in den Straßen umherirrten. Als wir weiter ins Zentrum gingen, sahen wir dann die ersten Verletzten, hauptsächlich Personen mit Verbrennungen. Hier erzählte uns dann erstmals ein am Straßenrand sitzender Mann von dem weltweiten, nuklearen Inferno. Einige Atombomben sollen auch Sydney und Melbourne getroffen haben. Wie viele es waren, wusste er nicht, aber Gerüchten zufolge sollen beide Städte völlig zerstört worden sein. Wir starrten vor Entsetzen den Mann an, dieser wiederum schaute einfach durch uns hindurch. Das bedeutete wahrscheinlich, dass es unsere Familien, ja unsere ganze Heimat einfach nicht mehr gab. Wir versuchten mit unseren Handys Kontakt aufzunehmen, aber alle Leitungen waren tot. In Brisbane war zwar augenscheinlich nichts zerstört, aber die Stadt sah trotzdem wie in einem Katastrophenszenario aus. Verstopfte Straßen, Unfälle, zusammengebrochene, weinende, umherirrende oder apathische Menschen am Straßenrand, Plünderungen in fast allen Läden, einfach überall heilloses Chaos. Was uns aber besonders auffiel, waren zunehmend mehr Menschen, die sich einfach übergeben mussten oder zusammenbrachen. Das musste mit der hohen Strahlenbelastung zu tun haben. Immer noch vor Entsetzen erschüttert rannten wir deshalb zum Boot zurück, packten unterwegs in einem großen Supermarkt noch so viele Dinge ein, die uns für unsere Flucht brauchbar erschienen und wir tragen konnten, und legten so schnell wie möglich ab, um die Strahlendosis möglichst gering zu halten. Ja und da sind wir nun.«

Auf einmal wurde mir schlagartig klar, dass meine geträumten Lichtblitze am Ende meiner drei Monate bittere Realität waren. Auch meine Schwäche, die Übelkeit, der vorübergehende Haarausfall war nicht auf den Inselkoller zurückzuführen, sondern Symptome der Strahlenkrankheit. Ach du meine Scheiße! So weit weg von den Explosionen, immerhin ungefähr 500 Kilometer, gab es noch so eine hohe Strahlenbelastung. Das bedeutete natürlich auch bei mir, dass mein Heimatland höchstwahrscheinlich nicht mehr existierte. Wenn schon Australien angegriffen wurde, was ja im politischen Weltgeschehen eher eine nebensächliche Rolle spielte, was ist dann erst mit Deutschland passiert? Ich konnte es nicht fassen, meine Familie sollte Geschichte sein, einfach nicht mehr existieren oder noch krasser, mit schlimmsten Verletzungen, ohne eine Möglichkeit der ärztlichen Versorgung, leidvoll auf den Tod warten. Nein, das konnte doch nicht wahr sein! Tränen liefen mir über die Wangen. Alle schwiegen, auch Pia und das Pärchen begannen zu schluchzen.

Da unterbrach Cedric plötzlich die Stille: »Ich weiß, was du denkst. Wir glauben aber, dass uns zu Hause nichts mehr erwartet, obwohl die Ungewissheit unerträglich ist, aber wir können einfach nicht mehr zurück, das wäre unser sicherer Tod. Wenn wir nicht an der Strahlung sterben, werden wir wahrscheinlich umgebracht. Uns hat schon gelangt, was wir in Brisbane gesehen haben, und das war unmittelbar nach der Katastrophe und die Stadt war nicht einmal direkt betroffen. Was glaubst du, vielleicht stirbt die ganze Menschheit längerfristig aus? Entweder die sterben von selbst an den Folgen der Strahlung oder bringen sich irgendwann alle gegenseitig um. Man wird ja auf lange Sicht so oder so nichts mehr zu Essen haben, ist ja allen kontaminiert.

»Mensch Cedric, du kotzt mich an mit deiner Schwarzmalerei. Nur weil du nicht zurück willst, sollen wir einfach mit der Ungewissheit sterben, und nie in Erfahrung bringen, wie es bei uns zu Hause aussieht. Ich will auf jeden Fall zurück, koste es was es wolle«, schrie Pia ihn an.

Jetzt antwortete auch zum ersten Mal der Milchbubi, welcher Michael hieß, mit einer zittrigen, weinerlichen Stimme: »Sophia und ich wollen auch so schnell wie möglich zu unseren Familien. Vielleicht warten wir hier einfach einige Zeit ab, segeln dann nochmals zurück nach Australien und versuchen von dort irgendwie nach Europa zu kommen.«

Wolfgang, der Oldie der Gruppe, meldete sich auch endlich zu Wort: »Cedric könnte mit seinen Vermutungen recht haben, ich glaube auch kaum, dass noch eine Art Flugverkehr nach Europa existiert. Es ist doch alles zusammengebrochen, selbst telefonieren kann man nicht mehr.«

Meine neuen Mitbewohner

Ich konnte bisher noch gar keinen klaren Gedanken fassen und war nicht in der Lage, diese ganze schreckliche Wahrheit zu verarbeiten . Sollten wir vielleicht doch erst einmal auf der Insel abwarten, bis nach den ersten Fallouts, wenn der Niederschlag eben noch besonders viel Strahlung aus der Luft auswäscht. Ich musterte noch mal eingehend meine Besucher und versuchte mir ein gemeinsames Inselleben vorzustellen. Da erst fiel mir auf, dass doch alle mehr oder weniger von der Strahlung kontaminiert wurden. Der Milchbubi sah deshalb so milchbubimäßig aus, weil er eine unnatürlich bleiche Gesichtsfarbe hatte. Seine Freundin machte einen ausgezehrten Eindruck. Wolfgang hatte, so viel ich feststellen konnte, keine natürliche Glatze, und Cedrics Augen lagen tief in den Augenhöhlen. Pia schien die fitteste zu sein, sie zeigte keine Anzeichen einer Schwäche.

Cedric riss mich aus meinen Gedanken: »Also sind wir uns erst einmal einig, dass wir auf der Insel eine Weile bleiben.«

Wir stimmten zu und beschlossen, das Segelboot sicherer zu vertäuen, damit es auch einen größeren Sturm unbeschadet überstehen konnte. Es war ja die einzige Möglichkeit wieder von der Insel wegzukommen. Als ich über die Reling stieg, war ich von dem Boot angenehm überrascht. Es war eine relativ neue Yacht, mit drei Kajüten, einer Sitzgruppe mit kleiner Küche in der Mitte und einer Toilette. Der Motor schien nagelneu zu sein, leider war aber der Diesel aufgebraucht. Wir steuerten das Boot in eine geschützte Bucht um eine Felsenecke, sodass auch die größten Brecher sich schon vor dem Felsen überschlagen würden. Dann packten wir sämtliche Lebensmittel, Geschirr, Medikamente, Schlafsäcke und Werkzeuge - die Gruppe war echt super ausgestattet - zusammen und schafften die Ausrüstung mit dem Schlauchboot auf die Insel. Der anfängliche Groll, meine ganzen Sachen im Meer versenkt zu haben, verflog zum Teil, denn die Lebensmittel und die anderen Dinge werden natürlich geteilt, auch war Gott sei dank noch ein Schlafsack für mich übrig.

An Land zeigte ich ihnen mein Lager und die frische Quelle. Da spürte ich zum ersten Mal wieder einen leichten Optimismus in mir aufkeimen, der sich auch bei den anderen bemerkbar machte. Ich war noch am Leben, jetzt auch nicht mehr alleine, wir waren besser ausgestattet als ich zuvor, und vielleicht würde ich ja doch eines Tages zurückkommen und meine Frau und Kinder in die Arme schließen. Die Gruppe war von dem Lager begeistert und so trugen wir unseren gesamten Vorrat dorthin, was eine ganz schöne Schlepperei war. Diese Aktion nahm einige Stunden in Anspruch und wir waren ganz schön erschöpft. Die anfängliche Distanz legte sich, nur Cedric schien ständig gereizt und unzufrieden. Es hatte den Anschein, als sei er ständig auf der Lauer, aber das war mir ehrlich gesagt wurscht. Im Lager machten wir erst einmal ein paar Raviolidosen auf und verschlangen sie gierig. Dabei fing es schon zu dämmern an. So machten wir ein Feuer, die Schlafsäcke wurden alle in meinem Holzverschlag dicht an dicht ausgerollt - am nächsten Tag mussten unbedingt weitere Unterstände gebaut werden – und dann kam doch noch eine freudige Überraschung, die ich unter den ganzen Dosen gar nicht wahrgenommen hatte. Wolfgang zauberte für jeden eine Dose Bier aus den Kisten hervor. Mein erstes Bier seit was weiß ich wie lange. Der Alkohol machte mich gleich angenehm ruhig.

Im Laufe des Abends erfuhr ich, dass ich nach meinem dreimonatigen Aufenthalt noch weitere sechs Wochen auf der Insel zugebracht hatte. Unglaublich, denn an diese Zeit hatte ich fast keine Erinnerungen mehr. Pia saß neben mir und ich genoss nicht nur ihr verdammt gutes Aussehen, sondern auch ihre freundliche, sympathische Art. Ob sie mit Cedric zusammen war, konnte ich an dem Abend nicht rausfinden, allerdings kam es mir so vor, als ob Cedric uns ab und zu einen eifersüchtigen Blick zuwerfen würde. Das tat unserer Unterhaltung aber keinen Abbruch und so erfuhr ich, dass alle aus der Steiermark kamen und in Graz wohnten. Die Gruppe kannte sich vom Segeln und betrachtete den dreiwöchigen Segeltörn in Australien als Highlight ihrer Segellaufbahn. Michael und Sophia wohnten in einer Dreizimmerwohnung und studierten beide Lehramt für Grundschule. Wolfgang war Maschinenbauingenieur, Cedric organisierte geführte Bergwanderungen und Pia war im Winter Skilehrerin und im Sommer jobbte sie als Animateurin im Club Mediterrane auf Mallorca. Wir unterhielten uns noch eine Weile, wobei ich mit Ausnahme von Cedric mit allen ganz gut ins Gespräch kam, bis wir uns in die Schlafsäcke wälzten und versuchten zu schlafen. Wir lagen ziemlich eng, was für mich total ungewohnt war, einerseits genoss ich die menschliche Nähe, die ich seit langem so vermisst hatte, andererseits störte mich das Geraschel und Geschnarche von den anderen. Die waren das auf dem engen Segelboot eher gewohnt und so vernahm ich auch bald kein Gemurmel mehr. Ich lag noch eine gefühlte Ewigkeit wach, natürlich ging mir das Erzählte durch den Kopf und ich überlegte, wenn das wirklich alles so stimmen sollte, wäre dies das Ende der zivilisierten Menschheit, und das bedeutete wiederum, dass mein Leben nie mehr so wie früher werden würde, ganz gleich was mich erwartet. Endlich schlief auch ich vor Erschöpfung ein.

Routine

Ich wurde durch ein lautes Geraschel aus dem Schlaf gerissen. Anscheinend schlief ich etwas länger, denn ich war noch der einzige in meinem Schlafsack. Draußen herrschte schon ein reges Treiben, denn alle waren damit beschäftigt, einen neuen Unterschlupf zu bauen. Ich wälzte mich raus und begrüßte meine neuen Leidensgenossen. Sophia und Pia banden auf der gegenüberliegenden Seite des Platzes neue Bambusstecken zusammen. Cedric und Michael waren mit einer Axt und einer Säge damit beschäftigt, die Stecken zurechtzuschneiden und den beiden Frauen zur Weiterverarbeitung zu geben. Wolfgang sortierte die Ausrüstung am Boden und verpackte sie in Wannen und Kartons. Ich schloss mich den beiden Frauen bei der Arbeit an und zeigte ihnen, wie man am geschicktesten die Stäbe miteinander verband. Wir suchten ebenfalls eine Nische in einem Felsvorsprung aus und befestigten das Gestänge am Boden. Dieser Unterstand wurde viel größer als der alte, mir fiel auch auf, dass sich alle ziemlich geschickt anstellten und handwerklich eine gewisse Begabung zeigten. Die Gruppe, selbst Cedric, strahlte an diesem Morgen eine positive Energie aus. Sie schienen mit dem Einrichten auf meiner Insel neue Lebensfreude zu schöpfen, vielleicht weil sie auch erst einmal vorläufig zur Ruhe kamen. Ich ließ mich von dem Gefühl anstecken und pfiff bei der Arbeit ausgelassen vor mich hin, ab und zu machten wir auch kleine Scherzchen, wenn uns beim Zusammenbau nicht gleich etwas gelang. Am Nachmittag war der Unterstand endlich fertig, wir waren mit unserer Arbeit sehr zufrieden, nun konnte Wolfgang die

Kisten, Kartons und Wannen im hinteren Ende der Behausung verstauen. Wir stellten alles auf zusammengebundene Bambusäste, damit die Kartons und die darin enthaltene Ausrüstung durch den Regen nicht aufgeweicht werden konnten.

Am späten Nachmittag zeigte ich Michael und Cedric noch meinen Angelplatz, zum Glück hatten sie auch Angelhaken und Nylonschnüre an Bord. So bastelten wir uns drei Angeln und versuchten ein paar Fische zum Abendessen zu fangen. Drei Angeln waren natürlich mehr als eine, und so hatten wir innerhalb einer Stunde fünf Snapper, darunter zwei ganz ansehnliche Brocken. Als es bereits anfing zu dämmern, machten wir Feuer, grillten unsere Fische und aßen dazu frische Kokosnüsse. Das erste Essen für alle, welches komplett aus der Natur kam und kein Dosenfraß. Wir waren von dem Geschmack der Fische und Kokosnüsse begeistert. Auf Dauer mussten auch die Vorräte geschont werden, man weiß ja nie, wann man diese dringend benötigt. Allerdings gab es für jeden noch ein Dosenbier, insgesamt hatten sie davon zehn Paletten zu je vierundzwanzig Stück dabei. Da war einem klar, welche Prioritäten diese Segeltour an der australischen Küste haben sollte.

Wir unterhielten uns über die Unterschiede zwischen den Österreichern und den Deutschen und kamen zu dem Entschluss, dass das Leben in Österreich irgendwie schon relaxter und ursprünglicher ist, was vielleicht mit der üppigen Natur zusammenhängen musste. Diese These vertrat zumindest Cedric, der als Bergführer sehr viel in der Natur zubrachte, mir aber ebenfalls einleuchtend erschien. Interessant war auch Pias Lebensweise, die nach einer Lehre als Reisekauffrau erst einmal ein paar

Jahre jobben und reisen wollte. Momentan machte ihr der Wechsel zwischen Skilehrerin und Animateurin viel Spaß, konnte sich das aber auch nicht für immer vorstellen. Jetzt fand ich auch heraus, dass Cedric und Pia doch ein Paar waren. Meine Beobachtung sagte mir aber, dass Pia schon mehr oder weniger mit dieser Beziehung abgeschlossen hatte, dies aber Cedric noch nicht wahrhaben wollte und deshalb oft so gereizt war, weil ihm wahrscheinlich langsam bewusst wurde, dass er sie nicht mehr alten konnte. Um so mehr machte er seine Besitzansprüche geltend und legte an diesem Abend betont den Arm um sie und wich nicht mehr von ihrer Seite. Allerdings schien das Pia auf jeden Fall nicht den ganzen Abend ertragen zu wollen und so stand sie später immer häufiger auf um irgendetwas zu holen oder zu verstauen. Die mitgebrachten Kurbeltaschenlampen, welche, wie der Name schon sagt, durch Kurbeln mit Hilfe eines angebrachten Hebels Strom erzeugten, waren dabei ganz praktisch sich auch in den Unterständen bei Dunkelheit zurechtzufinden.

Kurz vor dem Schlafengehen kamen wir dann doch auf die zukünftige Entwicklung des Weltgeschehens zu sprechen. Wir gingen noch einmal alle Eventualitäten der Katastrophe durch, kamen aber nach den Erlebnissen in Australien zu dem Entschluss, dass wir erst einmal auf dieser Insel ein paar Monate abwarten, und dann, wer will, einen Versuch starten, in die Zivilisation zurückzukehren, entweder nach Australien oder vielleicht sogar nach Europa, wenn es möglich ist. Diesmal war aber die Debatte bei allen nicht mehr so emotional aufgeladen, sondern verlief eher sachlich und schon etwas mehr von den Ereignissen distanziert, obwohl wir alle direkt davon betroffen waren, aber wir mussten lernen, im Hier und Jetzt zu leben, die ganzen Mutmaßungen trieben einen nur noch mehr in den Wahnsinn. Endlich legten wir uns schlafen, Michael, Sophia und Wolfgang in die neue Behausung, Cedric, Pia und ich in meine alte. Als mir die Augen zufielen, hatte ich das Gefühl einen einigermaßen glücklichen Tag verbracht zu haben.

Am Morgen wachte ich als Erster auf. Ich nutzte die Gelegenheit um ein bisschen alleine zu sein und ging zum Strand. Die Sonne war herrlich warm und das Meer glitzerte im tiefsten Blau. So konnte man es aushalten. Das Wasser wirkte geradezu einladend für eine Abkühlung, außerdem wurde es wieder einmal höchste Zeit für eine Dusche. Ich riss meine Kleider vom Leib, wenn jemand von den anderen auftauchen sollte, wäre es mir auch egal, früher oder später würde man sich eh nackt sehen und wahrscheinlich alle Geheimnisse voneinander wissen. Als wenn ich es geahnt hätte, kaum planschte ich im kühlen Nass, hörte ich Stimmen. Alle außer Wolfgang erschienen am Strand.

»Na, unser Robinson badet im Adamskostüm«, bemerkte Cedric schadenfroh.

Michael begann aber schon sich ebenfalls auszuziehen: »Los rein mit euch, wir stinken bestimmt wie die Iltisse.«

Ruckzuck waren alle im Wasser.

»Wo ist denn Wolfgang abgeblieben?«, wollte ich wissen.

»Dem geht es nicht so gut, heute früh hat er sich übergeben müssen und liegt jetzt im Schatten und trinkt Wasser», antwortete Pia, »ich glaube, sein Körper hat die hohe Strahlenbelastung noch nicht ganz überwunden, aber als wir gingen, sah er schon wieder etwas besser aus.«

Natürlich betrachtete ich Pia und Sophia beim Ausziehen genauer, hoffentlich aber nicht zu auffällig. Bei Pia blieb mir wieder glatt die Spucke weg, was sich unter ihrer Kleidung schon abgezeichnet hatte, bestätigte sich jetzt: Traumhafte Brüste, einen schönen durchtrainierten Körper, einen knackigen Hintern und wohlgeformte Beine. Auch Sophia sah nett aus, sie war etwas speckiger, hatte kleinere Brüste, aber insgesamt auch eine gute Figur. Dürre Klappergestelle waren so und so nicht meine Kragenweite. Ich musste aufpassen, dass ich im Wasser nicht einen Ständer bekam. Cedric war wie Pia auch ziemlich durchtrainiert, nur Michael sah man an, dass er von Sport nicht viel hielt, er sah wie der geborene, unförmige Couchpotato aus. Wir planschten ausgelassen im Wasser rum, spritzten uns gegenseitig voll, die Männer die Frauen und umgekehrt, was natürlich noch mehr Spaß machte. Mein Gott, beim Gerangel hielt mich Pia auf einmal fest, und ich berührte mit meinem ganzen Körper ihre nackte Haut. Das war von ihr reine Absicht, Cedric war gerade mit Sophia beschäftigt und Michael schwamm eine Runde. Augenblicklich spürte ich etwas zwischen meinen Beinen hart werden. Das war mir jetzt auch schon wurscht. Mir schoss nur ein Gedanke durch den Kopf: Ich muss diese Frau besitzen.

»Na du böser Bubi, hast schon lange keine Frau mehr gehabt«, flüsterte Pia mir ins Ohr, nachdem sie merkte, was mit mir passiert war.

Sie löste ihre Umklammerung und ließ sich davontreiben. Mit einem knallroten Kopf war mir die Lust auf Wasserspiele vergangen, und ich musste meinen Blutdruck durchs Schwimmen erst einmal wieder runterfahren.

Cedric schaute mich und Pia erst merkwürdig an, dann lachte er: »Hey Klaus, du Einsiedler, du wirst leider noch einige Zeit ohne weibliches Wesen zurechtkommen müssen.«

»Das glaubst auch nur du«, dachte ich mir, allerdings würde Cedric bestimmt nicht ohne Weiteres seine geliebte Pia aufgeben wollen.

Ob die beiden überhaupt noch Sex miteinander haben? Am besten nichts überstürzen und die Sache auf mich zukommen lassen, wir waren ja schließlich auf einer Insel, und da konnte man sich bei einem Streit nicht einfach aus dem Weg gehen.

Wir ließen uns am Strand in der Sonne trocknen und schauten dann nach Wolfgang. Er hatte schon Feuer gemacht und war gerade dabei, ein paar Fische auszunehmen. Ich sah mir ihn mal genauer an und merkte, dass er wirklich von den zurückliegenden Ereignissen gezeichnet war. Seine Augen lagen tief in den Augenhöhlen und er sah sehr blass aus. Als ich ihn fragte, ob alles in Ordnung wäre, gab er aber eher gereizt zur Antwort, dass er sich gut fühle. Also ließen wir uns den Fisch mit frischer Kokosmilch schmecken. Pia machte für diesen Tag keine geheimnisvollen Annäherungsversuche mehr, Gott sei Dank, das wäre für mich zu viel des Guten gewesen. Den Rest des Tages verbrachten wir Männer beim Angeln, die Frauen richteten das Lager her und teilten die Konserven in einzelne Tagesrationen auf. Am Nachmittag machten wir alle eine kleine Inselwanderung, selbst Wolfgang lief mit, vielleicht wollte er nur beweisen, dass ihm nichts fehlte, dabei erzählte ich ihnen von meinen Erlebnissen mit der Schlange, mit dem Gürteltier und dem Beinaheersaufen am Tag zuvor. Alle hörten gespannt zu und waren schwer beeindruckt. In den nächsten Tagen wollten wir dann nochmals unser Glück bei den Gürteltieren versuchen.

Als wir zurückkamen, dämmerte es bereits und wir unterhielten uns über unsere Jobs. Von Wolfgang erfuhren wir, dass er geschieden war und zwei erwachsene Kinder hatte, die beide studierten. Pias und meine Blicke begegneten sich bei der Unterhaltung mehrmals, denn sie saß mir gegenüber auf der anderen Seite des Lagerfeuers. Nach einer Weile schaute ich immer verlegen weg, meine Gefühle fuhren mit mir langsam Achterbahn. Irgendwann stand ich, vielleicht auch deshalb, auf und legte mich schlafen.

Irgendwann hörte ich leise Stimmen neben mir. Pia und Cedric schienen sich noch zu unterhalten. Ich stellte mich schlafend und lauschte dem Gespräch, bekam aber nur einzelne Wortfetzen mit. Cedric wollte irgendwie wissen, wie es mit ihnen weitergehe, wobei Pia ihm antwortete, dass sie es ihm nicht sagen könne, und erst einmal Zeit zum Überlegen brauche. Cedric versuchte dann Pia zu küssen, was sie ihm aber verweigerte. Darauf rollte sich Cedric beleidigt in seinem Schlafsack zusammen.

»Armer Cedric, so eine hübsche Frau, und für ihn momentan unerreichbar«, dachte ich.

Das würde mich wahrscheinlich auch in den Wahnsinn treiben. Was würde passieren, wenn sie offensichtlich etwas von mir wollte? Das konnte mit Cedric dann nicht gut ausgehen. Ich musste bei diesem Spielchen höllisch aufpassen. Endlich schlief ich auch ein.

Am nächsten Morgen schreckte ich von meinem Traum hoch. Ich hatte geträumt, dass ich mit Pia nackt am Strand lag, wir uns erst küssten und dann wie die Tiere übereinander herfielen. Als wir mitten bei der Sache waren, tauchte plötzlich Cedric auf und griff mich unvermittelt an. Das war das blutige Ende des anfangs schönen Traums und mein erster Blick fiel panisch auf Cedric und Pia, die noch friedlich neben mir schlummerten.

Spiel mit dem Feuer

Ich wurstelte mich aus dem Schlafsack. In diesem Moment schlug Pia auch die Augen auf Irgendwie fühlte ich mich gleich bei meinem Traum ertappt. Es war noch sehr früh am Morgen, denn der Himmel war erst in eine wunderschöne leuchtende rote Färbung getaucht. Außer dem Gezwitscher einiger Vögel war es in unserem Lagerplatz noch ganz still. Ich stand etwas unschlüssig auf, da ich nicht mehr schlafen konnte, und machte mich für einen kleinen Morgenspaziergang fertig.

Pia begann ebenfalls sich anzuziehen und fragte mich: »Morgen Klaus, hast du Lust einen kleinen Spaziergang zu machen? Ich glaube, wenn wir hier frühstücken, machen wir uns eher unbeliebt, die schlafen ja alle noch tief und fest.«

»Na klar, hatte ich auch vor«, entgegnete ich.

»So konnte der Tag beginnen«, dachte ich mir.

Wir gingen zur Küste und wollten dort entlang bis zu den Mangroven vordringen. Schweigend liefen wir nebeneinander.

Die Stille machte mich zunehmend nervöser, ich musste sie einfach direkt ansprechen: »Du Pia, ist das mit euch eigentlich noch was?«

»Du meinst mit Cedric? Schwierige Sache! Eigentlich lief das früher mal ganz gut. Wir wollten sogar heiraten und eine Familie gründen, als ich noch im Reisebüro gejobbt habe und auf diese Weise Cedric kennen lernte, der als Reiseführer mit der Agentur zusammen arbeitete, nachdem er seinen Job als Schreiner abgebrochen hatte. Zu der Zeit war er für mich ein Held, selbstbewusst und immer einen witzigen Spruch parat. Irgendwann habe ich aber erfahren, dass er mich auf seinen Reisen mit einer anderen Frau betrog. Da war erst mal für eine Weile Feierabend. Nach meiner Lehre fühlte ich mich auch frei und unabhängig als Animateurin und Skilehrerin. Doch irgendwie vermisste ich Cedric, und als er eines Tages reumütig ankam und mir versicherte, dass er nur mich wirklich liebte, das andere sei nur eine Affäre gewesen, versuchten wir es nochmals. Wir merkten aber bald, dass es nicht mehr so wie früher war. Eigentlich wusste ich schon vor der Segelreise, dass es aus war, aber Cedric hat nicht lockergelassen. Jetzt nervt er mich nur noch.«

Genau das wollte ich hören. Mir wurde auch klar, dass ich jetzt von ihr mehr wollte, wenn sie sich darauf einließ. Als wir vor den Mangroven standen, setzten wir uns auf die Klippen, denn die Bäume bildeten ein unüberwindbares Hindernis, da ihre Stämme mit den Luftwurzeln direkt ins Meer reichten.

Wir saßen eine Weile da und beobachteten die Brandung, mein Herz schlug mir bis zum Hals, denn jetzt musste ich es einfach versuchen. Ich legte den Arm um Pia und schaute ihr in die Augen. Sie erwiderte meinen Blick und dann geschah es. Wir küssten uns ausgiebig. Man war das ein gutes Gefühl, endlich mal wieder eine Frau zu küssen. Ich glaubte, so ging es Pia auch, es machte sogar den Anschein, sie habe nur auf dieses Ereignis gewartet. Daraus wurde schnell mehr, wir waren beide total scharf aufeinander, und rissen uns die Kleider vom Leib. Jetzt konnte ich sie nicht nur nackt sehen, sondern auch spüren, und das fühlte sich wahnsinnig an. Ich küsste ihre Brüste und sonst noch jede Stelle ihres athletischen Körpers. Lang hielten wir uns aber nicht beim Vorspiel auf. Ich drang in sie ein und wir liebten uns wie zwei wilde Tiere, kurz und heftig, ein unbeschreibliches Gefühl nach so einer langen Zeit der Enthaltsamkeit. Danach streichelten wir uns noch zärtlich und ließen die Sonne auf unsere nackte Haut scheinen.

Ich fragte mich, ob das richtig war, was ich getan hatte. Sollte man es Cedric sagen und wie würde er darauf reagieren, oder sollten wir es geheim halten? Aber wie lange würde das gelingen? Auch schossen mir kurzzeitig meine Frau und meine Kinder durch den Kopf, aber die Erinnerungen, so schmerzlich sie auch waren, hatten eine räumliche Distanz und lagen auch zeitlich schon eine ganze Weile zurück. Wahrscheinlich werde ich eh nicht mehr zurückkommen, und hier auf der Insel war es das Schönste, was mir überhaupt passieren konnte.

Pia riss mich aus meinen Gedanken: »Du Klaus, obwohl Cedric weiß, dass es aus ist, will er es nicht wahrhaben. Ich denke, es ist besser wir sagen erst einmal nichts davon, bis er endlich kapiert hat, was Sache ist.«

Ich war mit ihr einer Meinung, denn ich konnte mir einen wütenden Cedric ganz gut vorstellen. Auch hätte ich bei einem Kampf kaum eine Chance, weil er mir körperlich überlegen war, obwohl ich auch kein Schwächling war. Immerhin hatte ich mal vier Jahre in einem Taekwondoverein trainiert. Wir zogen uns an und liefen zum Lager zurück, denn wir waren jetzt doch schon drei Stunden weg.

Als wir dort ankamen, waren alle beim Frühstücken. Wir gaben uns betont locker und betrachteten unseren Morgenausflug als das Selbstverständlichste der Welt, um bei Cedric überhaupt keine Zweifel aufkommen zu lassen. Dennoch starrten mich seine Augen hasserfüllt an, als sich unsere Blicke begegneten. Ich schenkte aber diesem Blick überhaupt keine Beachtung, langsam war mir dieser Typ scheißegal, wieso kapierte er auch nicht, dass er nichts mehr zu melden hatte. Pia und ich ließen es uns schmecken, denn wir hatten heute Morgen bereits einiges an Energie verbraucht. Die Heimlichtuerei nervte mich allerdings.

Voller Sorge stellten wir beim Essen fest, dass sich Wolfgangs Zustand über Nacht nicht gebessert hatte. Er sah genauso bleich aus und aß nur wenig, dabei zitterte er ziemlich. Wie immer winkte er heftig ab, wenn man ihn nach seinem Wohlergehen fragte, also machte man sich seine Gedanken, und tat so, als wäre mit ihm alles in Ordnung.

Terror

Nach dem Frühstück hatte ich gleich das dringende Bedürfnis das Lager zu verlassen. Zum einen das Elend von Wolfgang zu sehen, zum anderen den lauernden Cedric, das waren gute Gründe sich abzulenken. Da kamen mir Michael und Sophia gerade recht um mit ihnen auf Nahrungsmittelbeschaffung zu gehen. Sonja kannte sich etwas mit Pflanzen aus, da sie Biologie als Hauptfach studierte. Die beiden wollten nach essbaren Pflanzen und Früchten suchen.

Als ich von ihren Plänen hörte, sprach ich die beiden unvermittelt an: »Ich kann euch einen guten Pfad Richtung Inselinneres zeigen, zudem gibt es auch giftige Tiere, vor allem Schlangen, die in den Ästen sitzen. Kommt, ich zeige euch den Weg!«

»Na klar, du kannst uns ja die Früchte zeigen, die du bisher probiert hast«, antwortete Sonja freudig.

Die beiden schienen sich über meine Begleitung sogar zu freuen und ich hatte bisher mit ihnen so und so nur wenige Worte gewechselt. Also marschierten wir zur Inselmitte, derselbe Weg, auf dem mir das mit der Schlange passiert war, allerdings hatte ich jetzt für die kleinen Tiere, die in den Palmen krochen, einen viel geschulteren Blick und nahm jede kleine Bewegung wahr. Zu dritt verursachte man auch mehr Lärm, und so ergriffen die Schlangen schon von vornherein die Flucht. Wir unterhielten uns über deren beider Grundschulstudium, über die zunehmend nervigen und schwierigen Schüler, und was man in Graz so alles treiben konnte. Überrascht stellte ich fest, dass die beiden voll in Ordnung waren, und nicht so realitätsferne, blutjunge Grundschullehrämtler, wie es bei vielen der Fall war, die schon mit siebzehn Jahren mit dem Studium anfingen. Allerdings waren beide auch erst fünfundzwanzig, aber für ihr Alter wirkten sie schon relativ erwachsen, sonst würden ihnen die aktuellen Ereignisse viel mehr zu schaffen machen.

Nach gut einer Stunde kamen wir zu dem Baum, an dem ich mir ab und zu die Früchte holte. Sonja wusste sofort, dass es ein Guavenbaum war, eine Borkenart, bei der die Rinde streifenförmig abfällt. Die Früchte sind grün, der Geschmack ist süßsauer, leider hat die Frucht aber viele Kerne. Wie die meisten tropischen Früchte ist auch diese sehr vitaminreich, vor allem Vitamin C liefert sie im Überfluss. Nach einigem Suchen fand Sophia sogar Papayafrüchte. Der Baum hing voll davon, und wir stopften unsere Taschen mit den wertvollen Vitaminspendern voll. Sophia und Michael genossen es, endlich mal von der Gruppe weg zu sein, denn so ausgelassen habe ich beide seit der Ankunft nicht gesehen, eine gute Gelegenheit ein bisschen was über die Gruppendynamik zu erfahren.

»Wie kommt ihr eigentlich mit Cedric so zurecht. Ich habe manchmal das Eindruck, er wirkt zu sehr bestimmend, außerdem verbreitet er ständig so ein unbehagliches Gefühl«, bemerkte ich beiläufig.

Mit Michaels Reaktion rechnete ich allerdings nicht: »Klaus, ich glaube du bist für Cedrics unbehagliches Verhalten verantwortlich.«

Michael und Sophia grinsten bis über beide Ohren, während ich, so glaube ich zumindest, rot anlief. Also ahnten sie doch etwas, na ja eigentlich war ja klar, dass sie schon etwas mitbekommen haben mussten. Pias Annäherungsversuche und Anspielungen waren allzu offensichtlich. So konnte ich die Karten offen auf den Tisch legen und erzählte ihnen, dass zwischen mir und Pia was lief. Dass ich bereits mit ihr geschlafen hatte, ließ ich aber beiseite.

Als ich mit meinem Geständnis fertig war, merkte ich noch zu meiner Entschuldigung an:

»Pia hatte mir erzählt, dass es eh aus war, außerdem mögen wir uns wirklich.«

»Du musst doch kein schlechtes Gewissen haben, wir waren ja ursprünglich mit Pia befreundet und haben über sie dann Cedric kennen gelernt. Am Anfang verstanden wir uns zu viert ganz gut, aber als Pia wegen Cedrics Fremdgehen total fertig war und dann dieser Idiot wieder angekrochen kam und auch noch Pia wieder rumkriegte, war es mit unserer Freundschaft zu Cedric nicht mehr gut bestellt, außerdem hat Pia uns schon vor der Reise gesteckt, dass es bei ihr nichts mehr wird, nur Cedric wollte es nicht wahrhaben«, beruhigte mich Sophia.

Gott sei Dank hatten die beiden diese Einstellung, und so wie es den Anschein hatte, stand Cedric ziemlich isoliert da, denn Wolfgang spielte bei der Gruppenkonstellation keine große Rolle mehr.

Michael nahm mich beim Zurückgehen nochmals zur Seite und sprach mit eindringlichen Worten: »Klaus, das ist aber kein Spielchen, wir kennen alle Cedric, wenn der richtig wütend wird, hat der sich nicht mehr unter Kontrolle, einmal haben wir auch mitgekriegt, dass er Pia auf einer Party geschlagen hat, weil er im Suff glaubte, Pia habe was mit einem anderen, wer weiß ob er dies sogar öfters getan hat, dieses Arschloch.«

»Das habe ich mir auch schon gedacht, deswegen bat mich Pia auch unser Verhältnis auf jeden Fall geheim zu halten.«

»An uns solls nicht liegen«, versicherte mir Sophia.

Auf dem Heimweg fanden wir sogar noch einen weiteren Baum mit exotischen Früchten, allerdings waren wir über die Verzehrbarkeit nicht ganz sicher. Sophia vermutete, dass es sich um Kumquats handeln könnte, eine orange, herb-süße Zitrusfrucht. Wir pflückten ebenfalls ein paar, wobei ich erst den Baum ein Stück hochklettern musste, um sie zu erreichen, was mir aber mit meiner in der Vorbereitung gelernten Baumklettertechnik - es schaute aus wie ein Affe, der sich mit den Füßen gegen den Stamm stemmt und mit den Händen sich nach oben hangelt - ganz gut gelang. Bevor wir sie versuchten, wollten wir aber erst einmal die anderen fragen. Als wir am Lager ankamen, war die anfangs unbeschwerte Stimmung dahin, da wir wussten, dass wir Cedric gleich wieder in seine hasserfüllten Augen schauen würden.

Die anderen waren sich mit den Kumquats auch nicht ganz sicher, so probierte ich eine Frucht, und sie schmeckte tatsächlich herb-süß. Wir bereiteten zum Mittagessen einige von unseren gesammelten Früchten zu und aßen sie, damit wir mal wieder unseren Vitaminspeicher auffüllen konnten. Nach dem Essen döste ich etwas am Strand, als ich einen unsanften Ruck in meiner Seite verspürte. Ich riss erschrocken die Augen auf und sah direkt in Cedrics Gesicht. Verdammt, was wollte denn der von mir? Vielleicht Streit? Ich setzte mich sofort auf, um einen eventuellen Angriff abwehren zu können.

»Ich sag dir eins, du blöder Arsch, wenn ich nur einmal sehe, wie du was mit Pia anfängst, reiß ich dich in Stücke, und kein Hahn wird auf dieser Insel danach krähen!«, zischte er mich mit einem wahnsinnig aggressiven Ton an.

Ich musste erst mal schlucken und überlegte mir fieberhaft, was ich sagen sollte, und fasste den Entschluss, erst einmal alles abzustreiten: »Sag mal spinnst du, denkst du ich will was von Pia? Wir verstehen uns lediglich gut, das ist alles. Hast du damit ein Problem?«

»Ich warne dich bloß, Pia ist meine Baustelle.«

»Was für ein arroganter, mieser Typ! Das Wort Baustelle zeigt doch schon sein ganzes Wesen«, dachte ich.

Mir war die Lust nach Faulenzen vergangen und ich machte mich auf den Rückweg zum Lager. Ich sah Pia bei Wolfgang und da Cedric noch nicht da war, unterrichtete ich sie schnell von unserer kleinen Unterhaltung.

Pia bekam feuchte Augen, nahm mich bei Seite und raunte mir zu: »Ich weiß nicht mehr weiter, Cedric terrorisiert mich mit seinen Besitzansprüchen. Ihm ist klar, dass ich nicht mehr will und er ahnt vielleicht, dass etwas mit uns ist, blöd ist er nicht. Wenn wir unsere Ruhe haben wollen, müssen wir ihm die Wahrheit sagen, allerdings könnte er dabei richtig ausflippen, und davor habe ich Angst.«

»Ich denke, wir müssen es früher oder später darauf ankommen lassen«, gab ich ihr zur Antwort.

Wie auf Kommando tauchte Cedric im Lager auf. Er rief sofort nach Pia und als sie bei ihm war, hörte ich ihn mit eindringlicher Stimme auf sie einreden.

Auf einmal schrie Pia: »Du kannst mich mal, ich bin doch nicht deine Sklavin, hau ab und lass mich in Frieden, kapierst du nicht, es ist aus.«

Heulend kam sie zu mir, ich nahm sie in den Arm, auch Wolfgang, Sophia und Michael kamen zu uns und schauten Cedric drohend an. Dieser ging entschlossen zu unserem Unterstand und packte eine Tasche mit Lebensmitteln und anderen Kleinigkeiten voll.

Dann kam er zu uns her und schrie uns hasserfüllt an:

»Habt ihr solche Angst, dass ihr wie die Hühner zusammenstehen müsst? Ich warne euch, wenn ihr es darauf anlegt, schlitz ich euch alle auf, genauso wie diese blöden Gürteltiere.«

Dabei fuchtelte er noch mit seinem riesigen Messer rum, um dem Gesagten Nachdruck zu verleihen, und stapfte anschließend durch das Dickicht davon.
Wir blickten uns erst einmal ratlos an.

»Der kommt so schnell nicht wieder«, bemerkte Sophia.

»Hoffentlich«, entgegnete Pia.

Wolfgang gab zu bedenken: »Das auch noch! Wir müssen auf der Hut sein! Cedric könnte auf jeden Fall zurückkommen und wenn er euch, Pia und Klaus, zusammen sieht, wer weiß was dann passiert.«

»Wenn wir alle zusammenhalten, kann dieser Depp überhaupt nichts ausrichten«, meinte ich.

Die anderen stimmten mir zu. Wir prüften anschließend, was Cedric alles mitgenommen hatte, und stellten fest, das nichts wirklich Notwendiges fehlte, nur einige Lebensmittel, Feuerzeug, Messer und eine Axt. Wir wurstelten noch im Lager rum, jetzt war die Stimmung auf einmal viel ausgelassener und das Beste war: Ich konnte jetzt auch zeigen, dass Pia und ich ein Paar waren und sie öfters einmal drücken oder ihr ein Küsschen geben. Wir schürten abends ein gemütliches Feuer, aßen ein paar Dosen von unseren Vorräten zusammen mit den frischen Früchten, bei der einen Sorte musste es sich um diese Kumquats handeln, denn ich habe sie gut vertragen, und unterhielten uns über die neue Lagersituation. Wir mutmaßten, ob Cedric sich irgendwann beruhigt haben und wieder zurückkehren würde, er plötzlich mit seinem Messer vor uns stünde, oder ob er überhaupt nicht mehr auftauchen würde, was aber eher unwahrscheinlich war. Wir entschieden uns eher für die erste Alternative, schließlich war er ja auch auf die Gruppe angewiesen. Als wir schlafen gingen, genoss ich es endlich mit Pia alleine im Unterstand zu liegen. Wir küssten uns und schliefen eng aneinander geschmiegt zusammen ein.

Auf Leben und Tod

Der nächste Morgen war entspannt, weil Cedric verschollen blieb. Wo mochte er wohl übernachtet haben? Vielleicht ganz in unserer Nähe, vielleicht beobachtete er uns sogar? Wir mussten auf alle Fälle auf der Hut sein, trotzdem gingen wir natürlich unseren alltäglichen Beschäftigungen nach. Heute wollten wir versuchen, Gürteltierfallen zu basteln. Sie sollten mit Bambusstäben geflochten werden, und wenn das Tier sich den Köder schnappte, sollte durch eine Schnur die Falle zuschnappen. So hätten wir zu unserem Fisch mal wieder eine Abwechslung. Zusätzlich wollten wir auch Löcher ausheben, diese mit Palmblättern verdecken und so ebenfalls ausprobieren, ob uns diese Tierchen in die Falle gingen. Sophia und Michael sollten bei Wolfgang im Lager bleiben, denn er war immer noch sehr schwach und konnte keine langen Strecken gehen. Zudem wollten wir vermeiden, dass Cedric eventuell unser Lager plünderte.

Also zogen Pia und ich mit unseren zwei Fallen und einer Axt los, um die Stelle zu suchen, wo sich die Gürteltiere aufhielten. Diese war im Norden der Insel, das bedeutete, dass wir zügig gehen mussten, da fast die halbe Insel zu durchqueren war, und für das Stück ungefähr eine Stunde brauchten. Wir schwitzten ziemlich stark, denn der Wind blies nur an der Küste, dennoch kamen wir schnell voran. Zwischendrin blieben wir immer wieder wie angewurzelt stehen, da wir meinten ein Geräusch zu hören, das nicht von einem Tier stammte.

»Hast du das auch gehört?«, stieß ich unvermittelt hervor.

»Das war nichts, jetzt komm mal wieder von deinem Verfolgungswahn runter«, herrschte mich Pia an.

Sie schien die ganze Sache ziemlich gelassen zu sehen. Aber ich glaubte, dass Cedric nicht einfach so aufgeben würde. Er wollte sein Besitz verteidigen, und das schaffte er nur, wenn er mich ausschaltete. Allerdings kannte Pia ihn besser, und wenn sie meinte, ich solle mir keine Gedanken machen, dann hatte sie vielleicht auch recht damit. Wir saßen alle im selben Boot. Trotzdem bildete ich mir ein, dass wir nicht alleine waren und ich blieb ständig wachsam.

Endlich erreichten wir die Stelle mit den Gürteltieren an der rauen Nordküste, wo ich damals von der Strömung abgetrieben wurde und beinahe ersoffen wäre. Wir genossen noch etwas den Ausblick auf das freie, tosende Meer, bevor wir im Dickicht am Rande der Küste unsere zwei Fallen platzierten. Dann gruben wir mit der Axt ein Loch. Der Boden war an dieser Stelle steinhart, so dass wir ihn richtig aufschlagen mussten. Als wir ungefähr einen halben Meter tief waren, deckten wir das Loch mit Palmwedel ab, so dass ein Gürteltier hineinfiel, wenn es über die Wedel laufen wollte. Von den blöden Viechern ließ sich während der ganzen Aktion natürlich keins sehen, wir machten aber auch einen ganz schönen Lärm. Die geflochtenen Korbfallen waren zum Basteln zu kompliziert, deshalb beschränkten wir uns nur auf die Erdfallen.

Wir waren mit der Arbeit ziemlich schnell fertig, es war gerade erst ein Uhr, so dass wir noch etwas verweilen konnten. So stärkten wir uns erst einmal mit Früchten und Wasser, dann wuschen wir an einer geschützten Stelle unseren Schweiß von den Körpern. Allerdings hüteten wir uns, zu weit ins Meer zugehen. Als ich Pia so nackt vor mir stehen sah, mit ihren langen Beinen und den beim Waschen hin und her schaukelnden Brüsten, bekam ich eine unbändige Lust. Im Lager konnte man ja seinen Gefühlen nicht freien Lauf lassen, weil man immer unter Beobachtung stand. Ich umschlang Pia mit meinen Armen von hinten und küsste ihren Nacken. Sie sprang sofort auf meine Zärtlichkeiten an, anscheinend hatte sie dasselbe gedacht wie ich und wir gingen hoch zu den Felsen, um einen netten Platz für uns zu suchen. Unsere Kleider und die Ausrüstung ließen wir an der Badestelle zurück. Ein Stück weiter oben, an einer schmalen Einbuchtung im Fels, ließen wir unseren Trieben freien Lauf. Ich legte mich auf Pia und wir küssten uns nochmals ausgiebig und flüsterten uns ein paar Zärtlichkeiten ins Ohr, denn wir hatten keine Eile.

Auf einmal starrte Pia mit weit aufgerissenen Augen an meinen Augen vorbei, hoch in den Himmel, so als würde sie etwas Entsetzliches sehen. Ich brauchte nur eine Millisekunde um zu begreifen, was es sein könnte. Im selben Augenblick rollte ich mich von Pia runter und sprang auf. Eine ausgezeichnete Reaktion hatte ich schon immer. Diese rettete mir jetzt auch das Leben, denn ich sah Cedric mit seinem gezückten Messer genau über uns stehen. Wie konnte dieser Dreckskerl sich so nah unbemerkt angeschlichen haben? Cedric drehte sich blitzschnell zu mir um und stürzte mit dem Messer auf mich zu. Splitternackt wie ich war, und ohne Messer und Axt, das lag ja alles unten am Meer, war ich natürlich vollkommen im Nachteil. Panisch wich ich dem ersten Angriff aus und sprang zur Seite, Das Messer sauste um haaresbreite an meinem Hals vorbei. Im Zurückspringen sah ich aus den Augenwinkeln Pia aufspringen. Es machte »Klong«, und Cedric drehte sich mit einem schmerzverzerrten Wutschrei zu Pia um. Er blutete aus einer Patzwunde am Kopf. Jetzt erst sah ich, dass Pia einen Stein auf Cedric geschleudert hatte. Er stieß mit einem heftigen Stoß Pia weg, die ziemlich hart auf den Fels aufschlug und liegen blieb.

»Jetzt oder nie«, dachte ich und stürzte mich mit aller Gewalt von hinten auf Cedric.

Ich brachte ihn sofort zu Fall und mit einer Hand packte ich im Fallen das Handgelenk der Hand, in der er das Messer hielt. Ich durfte auf keinen Fall von diesem getroffen werden. Ich schlug mit ihm hart auf den Felsen. Sofort versuchte er mich mit seinem Messer zu verletzen. Er hatte eine unglaubliche Kraft, ich konnte kaum sein Handgelenk festhalten. Jetzt ging es um Leben und Tod. Mein einziger Vorteil war meine Kampfsporterfahrung, die musste ich mir zu Nutzen machen. Ich nahm meinen zweiten Arm zu Hilfe und schlug mit aller Kraft Cedrics Arm gegen einen Felsen. Er schrie vor Schmerz laut auf und ließ das Messer fallen. Mit seinem jetzt aber anderen freien Arm drückte er meinen Hals ab, so dass ich kaum noch Luft bekam. Mir wurde schon schwarz vor Augen, ich stieß mit voller Wucht mit dem Ellbogen nach hinten in seine Magengegend, wodurch er sich krümmte und ebenfalls nach Luft japsend seinen Würgegriff lockerte. Ich nahm seinen Arm und drehte ihn nach hinten, bis ich ein lautes Knacksen hörte. Erneut schrie er vor Schmerz auf. Ich dachte schon, ich hätte ihn unter Kontrolle, als ich plötzlich etwas Blinkendes über mir sah. Er hatte doch tatsächlich mit seiner anderen Hand nochmals das Messer erwischt, allerdings war ja auch diese Hand verletzt, und seine Bewegungen waren nicht mehr so geschickt. Er wollte von oben mit dem Messer ausholen und zustechen. Durch die Ausholbewegung konnte ich seinen Angriff vorausahnen und drehte mich auf die Seite. Sein Stich ging ins Leere. Verdutzt schaute er mich an, im selben Augenblick packte ich den Griff des Messers und riss es ihm aus der Hand, er schien es nicht mehr ganz festhalten zu können, und mit einem Reflex stieß ich es ihm mit der ganzen Klinge tief in die Brust. Cedrics Augen weiteten sich, Blut begann augenblicklich aus seiner Wunde rauszuschießen. Es gelang ihm nochmal aufzustehen, ich wusste aber, dass es eine tödliche Verletzung sein musste. Auch ich stand auf und starrte ebenfalls auf Cedric.

»Soeben habe ich ein Menschenleben ausgelöscht«, dachte ich entsetzt.

Pia rappelte sich ebenfalls wieder hoch, sie fasste sich an den Kopf, schien aber O.K. zu sein. Cedric stammelte noch ein paar zusammenhanglose Wortfetzen, bis er endlich zusammensackte. Pia fiel mir heulend in die Arme, ich konnte sie kaum halten, so zittrig war ich noch von dem Kampf. Allerdings spürte ich langsam eine unglaubliche Erleichterung in mir aufsteigen, denn hier ging es nur um »er oder ich«. Wir setzten uns erst einmal, um alles zu verarbeiten. Pia hatte eine Gehirnerschütterung, denn sie schlug mit dem Kopf auf den Felsen auf. Ich hatte außer ein paar Schrammen überhaupt nichts.

»Der hat uns die ganze Zeit verfolgt und nur auf die beste Gelegenheit gewartet, um uns anzugreifen«, stellte ich fest.

»Muss wohl so gewesen sein, er hatte anscheinend einen grenzenlosen Hass auf uns, das hätte ich in der

Form nicht von ihm gedacht«, grübelte Pia und fragte mich, »Was machen wir jetzt mit ihm?«

Immer noch unter Schock stehend schaute ich Cedric an. Seine Augen starrten ins Leere und es floss noch Blut aus seiner Wunde.

»Ich glaube, ich habe mit dem Stich direkt sein Herz durchbohrt, denn das muss ungefähr die Stelle sein. Am besten wir schmeißen ihn ins Wasser, wenn wir wieder hier zurückkommen, möchte ich nicht auf eine halbverweste Leiche schauen.«

Pia stimmte zu, also nahmen wir ihn und schleppten ihn zur Küste. Ich zog schnell das Messer aus seiner Brust, das konnte ich natürlich gut brauchen, dann schmissen wir ihn an einer Klippe ins Wasser. Schnell wurde die Leiche von der Strömung weggetragen. Wir gingen zu unserer Badestelle, wuschen unser eigenes und Cedrics Blut von unseren Körpern, zogen uns an und machten uns schweigend auf den Heimweg. Was würden wohl die anderen dazu sagen?

Wolfgang

Sophia und Michael konnten es kaum glauben, was mit Cedric passiert war. Vor allem, dass er uns wirklich töten wollte. Lange redeten wir im Schein des gemütlich wärmenden Feuers über unsere neue Situation. Wolfgang wusste noch von gar nichts, er hatte sich bereits vor unserer Ankunft schlafen gelegt. Er fühlte sich unwohl und geschwächt, ließ er Sophia wissen. Eigentlich konnte es jetzt nur harmonischer werden, da man nicht mehr mit den unberechenbaren Wutausbrüchen von Cedric rechnen musste, was bei uns eine wahnsinnige Anspannung verursacht hatte. Endlich musste ich Pia auch vor niemandem mehr verteidigen. Allerdings machten wir uns um Wolfgang zunehmend Sorgen. Es war klar, dass er mit der Strahlenkrankheit zu kämpfen hatte. Aber warum ging es uns anderen den Umständen entsprechend schon seit Längerem wieder gut? Entweder musste Wolfgang eine besonders hohe Dosis abbekommen haben oder sein Körper war durch irgendetwas mehr geschwächt als unsere, er war natürlich auch schon ein paar Jährchen älter. Wir beschlossen, ihn morgen eingehender über seinen Zustand zu befragen und würden hierbei keine Ausflüchte tolerieren, schließlich mussten wir ja schon eine ganze Weile auf ihn Rücksicht nehmen, was auch unseren Alltag sehr stark beeinflusste.

Erschöpft fiel ich sofort in einen tiefen Schlaf, der Kampf um Leben und Tod hatte mir ziemlich viel Energie geraubt, nicht nur physisch sondern auch psychisch. Erst morgens verarbeitete ich mein Erlebnis in einem schlimmen Albtraum, wobei mich aber Cedric am Ende mit seinem Messer abstach. Ich schlug schweißgebadet die Augen auf und stellte erleichtert fest, dass es am Tag zuvor umgekehrt passiert war. Langsam krochen alle aus ihren Schlafsäcken, auch Wolfgang schien etwas erholt. Wir bereiteten zum Frühstück frische Früchte, etwas getrockneten Fisch und natürlich unseren ständigen Essensbegleiter, Kokosnüsse, zu.

Ich wurde zunehmend unruhiger, denn heute Morgen wollten wir Wolfgang zur Rede stellen, Gott sei Dank übernahm das nach einer kurzen Weile Michael.

Er fragte ganz beiläufig: »Du Wolfgang, wir haben uns gestern Abend ernsthafte Gedanken über deine Gesundheit gemacht. Du gehst fast nicht mehr aus dem Lager, siehst ziemlich blass aus und bist auch sonst überhaupt nicht mehr belastbar.«

Wolfgang schaute jedem Einzelnen von uns in die Augen, dabei wirkte er ziemlich traurig und resigniert, schließlich antwortete er uns offenherzig: »Bisher habe ich es euch verschwiegen, aber die Ärzte haben vor einigen Jahren eine Herzmuskelschwäche aufgrund einer verschleppten Erkältung diagnostiziert. Ich merkte es beim Joggen, da begann sofort mein Herz wie wild zu schlagen und mein Puls brauchte ewig, bis er sich nach dem Laufen wieder beruhigt hatte. Die bakterielle Infektion ist zwar schon lange abgeklungen, ohne dass ich die akute Entzündung bemerkt hätte, aber die Bakterien haben eben nachhaltig den Herzmuskel beschädigt. Manche würden an so einer Herzmuskelentzündung sogar sterben oder bräuchten ein Spenderherz, aber Gott sei Dank war meine Infektion nicht so schlimm. Allerdings sollte ich mich nicht mehr übermäßig anstrengen, zudem schlossen die Ärzte nicht aus, dass ich in ein paar Jahren einen Herzschrittmacher brauchen würde. In der ersten Zeit führte ich mein Leben ganz normal fort, jetzt wusste ich ja, was ich hatte und strengte mich beim Joggen nicht mehr so an. Aber im letzten Jahr wurde ich immer kurzatmiger und merkte manchmal so ein merkwürdiges Stechen in der Herzgegend. Ich drückte mich allerdings vor einem neuen Besuch beim Internisten, denn das konnte nur den besagten Herzschrittmacher bedeuten, oder die Diagnose fiel vielleicht sogar schlimmer aus. Ich hätte eigentlich die Segelreise gar nicht antreten dürfen, aber ich wollte einfach noch mal das unbeschwerte Leben genießen und insgeheim hoffte ich auch, dass fernab von allen Alltagssorgen mein Zustand sich wieder bessern würde, leider war durch die Strahlenbelastung und die ganze psychische Belastung das Gegenteil der Fall. Ich fühle mich von Tag zu Tag schlechter, und glaube ehrlich gesagt, dass ich nicht mehr lange leben werde.«

Tränen standen in Wolfgangs Augen, wir schauten ihn betreten an.

»War er aber nicht ein bisschen selber Schuld, dass er überhaupt noch so eine Reise antrat?«, dachte ich.

Sophia war die erste, die passende Worte fand: »Komm schon, jetzt können wir uns auf der Insel ausruhen, so lange wir wollen, wir bringen dir gesundes Essen, während du dir am Strand die Sonne ins Gesicht scheinen lassen kannst. Den Stress mit Cedric sind wir auch los. Das wär ja gelacht, wenn du dich unter den Voraussetzungen nicht erholen würdest.«

Michael, Pia und ich sahen nicht sonderlich überzeugend aus, denn erstens war es auf dieser gottverlassenen Insel kein Urlaub, und zweitens wusste keiner, wie schlimm es tatsächlich um Wolfgangs Herz bestellt war, vor allem mit der zusätzlichen Strahlenbelastung. Natürlich erwähnte keiner von uns seine Zweifel.

Wenig später nahmen wir alle ein erfrischendes Bad im Meer, auch Wolfgang planschte im Wasser, hoffentlich mutete er sich nicht zu viel zu. Wollte er sich oder uns beweisen, dass er doch noch fit war? Wir neckten uns, tauchten mal den einen, mal den anderen, bis wir genug hatten und uns am Strand die noch nicht so stechende Sonne aufwärmte. Als ich schon halb am Eindösen war, fing Wolfgang zu röcheln an. Seitdem ich Wolfgangs Geständnis gehört hatte, hatte ich überhaupt kein gutes Gefühl mehr, und jetzt schien sich meine Vorahnung zu bestätigen.

»Schnell wir müssen ihn aus der Sonne bringen«, rief Pia.

Wir packten alle mit an, um Wolfgang möglichst schonend zum Lager zu bringen. Sein Gesicht war schmerzverzerrt.

»Mein Herz fängt wieder zu stechen an, diesmal aber noch etwas schlimmer«, raunte er uns kreidebleich zu.

Ich gab ihm frisches Wasser zu trinken, leider konnten wir sonst nicht viel mehr tun, ich hatte ja geschickterweise meine ganzen Arzneien ins Wasser geschmissen, allerdings konnte ich mich auch nicht erinnern, etwas Passendes für Herzbeschwerden dabei gehabt zu haben. Eine Strahlenkrankheit konnte man meines Wissens so oder so überhaupt nicht richtig behandeln, höchstens vielleicht durch eine Bluttransfusion, was ja hier auf der Insel ausgeschlossen war. Bei den mitgebrachten Medikamenten der anderen waren auch nur die gängigen Dinge für die üblichen Wehwehchen dabei. So konnten wir Wolfgang nur gut zureden, wie »Das wird schon wieder« oder »Ruh dich erst mal aus.« Aber man sah es an Wolfgangs Blick: Er glaubte nicht mehr an eine Genesung. War das der Anfang von seinem Ende? Würden wir noch ein Menschenleben verlieren? Das durfte nicht passieren.

Im Laufe des Tages ging es ihm schon wieder etwas besser, aber er blieb die ganze Zeit im Lager liegen und konnte nicht aufstehen. Wolfgang wurde also für uns zum Pflegefall, was so weit nicht schlimm war, da wir zu viert waren und alle bei guter Verfassung. Da war es ein Leichtes, einen zusätzlichen Mund zu stopfen. Allerdings musste meistens einer bei ihm bleiben, um sich notfalls um ihn zu kümmern. Ob wir uns das auf Dauer leisten konnten, wusste ich aber nicht. Sophia, Michael und ich versuchten am Nachmittag unser Glück beim Angeln, und tatsächlich, heute bissen die Fische wie verrückt, alles Snapper, zehn Stück an der Zahl. Das würde am Abend ein richtiges Festessen geben! Gut gelaunt präsentierten wir unseren Fang den beiden im Lager Zurückgebliebenen und machten uns gleich ans Ausnehmen und Grillen. Die Sonne verschwand langsam am Horizont und tauchte alles in ein gleißendes Rot. Ein Außenstehender hätte diese Szene wahrscheinlich als perfekte Südseeromantik bezeichnet, aber auch wir genossen die herrliche Abendstimmung, die uns durch den leckeren Fisch zusätzlich versüßt wurde. Selbst Wolfgang würgte ein paar Bissen hinunter, musste sich danach aber gleich wieder hinlegen. Als er in seinem Schlafsack später tief und fest schlief, kam natürlich das Gespräch wieder auf ihn zurück.

»Ich sage es euch ganz ehrlich, ich glaube nicht, dass Wolfgang uns noch lange erhalten bleibt. Zu Hause wäre sein Zustand für die Ärzte vielleicht kein Problem, aber hier können wir gegen sein Leiden absolut nichts machen. In den letzten Tagen hat er sich kaum angestrengt, und trotzdem wird sein Zustand immer schlimmer.«

Die anderen waren meiner Meinung, aber Sonja legte energisch fest, wie wir weiter vorzugehen hatten:

»Selbst wenn das Wolfgangs letzte Reise ist, was wahrscheinlich für uns alle gilt, dann sollten wir alles versuchen, damit es ihm wieder besser geht oder ihn so lange pflegen, bis er stirbt. Auf jeden Fall lassen wir ihn nicht im Stich, ansonsten hätten wir jegliche soziale Empathie verloren, die einen modernen Menschen auszeichnet. Wenn das der Fall wäre, dann wäre das auch unser Ende und es gäbe wirklich nichts mehr, für was sich unser erbärmliches Leben lohnen würde.«

Das hatte gesessen. Sonja führte uns in wenigen Worten unsere Situation vor Augen und begründete überzeugend, dass es sich lohnt, um ihn zu kämpfen, nicht nur für Wolfgang, sondern auch für uns. In Gedanken über unser Schicksal legten wir uns schlafen. Morgen wollten Pia und ich nach den Gürteltierfallen schauen, darauf freute ich mich jetzt schon, denn diesmal konnte uns kein Cedric in unserer trauten Zweisamkeit stören.

Wie sieht die Zukunft aus?

Wir machten uns schon früh auf den Weg. Die anderen waren noch beim Frühstücken. Ich freute mich jetzt immer häufiger, das Lager zu verlassen, da ich Wolfgangs Zustand nicht mehr lange ertragen konnte, auch deswegen, weil man machtlos war, etwas dagegen zu tun und ihn nur bei seinem Leiden beobachten konnte. Mit Pia alleine machte es natürlich am meisten Spaß, wir konnten dann endlich tun und lassen, was wir wollten. Kurz vor den Fallen stieg die Spannung, ob wir tatsächlich was gefangen haben sollten. Die erste Falle war leider eine Enttäuschung, also suchten wir die zweite. Das war gar nicht so einfach, weil wir diese nicht so gut markiert hatten, aber ein Geraschel verriet uns die Lage. Aufgeregt schob ich die Palmblätter zur Seite und tatsächlich, das Geräusch hatte mich nicht getäuscht: Ein verängstigtes Gürteltier schaute mich von unten an.

Pia rief entzückt: »Oh ist das süß, dem kann ich nichts zu Leide tun.«

»Müssen wir aber, wenn wir in den Genuss des Fleisches kommen wollen. Am besten du gehst ein paar Schritte weg und ich erledige das alleine.«

Pia schien noch kurz zu überlegen, aber als ich das Messer bereit hielt und das Gürteltier packte, entfernte sie sich doch schnell. Ich hatte ja schon einmal das Vergnügen, deswegen wollte ich es diesmal besser machen, was mir Gott sei Dank gelang, nicht zuletzt auch wegen Pia. Ich tötete es mit einem gekonnten Stich und zerteilte es gleich vor Ort, dann mussten wir nicht so viel schleppen.

Pia tauchte wieder auf: »Eigentlich war es blöd von mir, ich sollte auch lernen, wie man diese Tiere umbringt, schließlich hängt unser Überleben davon ab.«

»Du kannst mir ja beim Zerteilen helfen, das ist genauso wichtig«, gab ich zur Antwort.

Dabei stellte sie sich nicht schlecht an und im Nu hatten wir die essbaren Stücke herausgeschnitten. Die Reste schmissen wir ins Wasser, dabei sah ich nicht weit entfernt zu meinem Erstaunen einen ziemlich großen Hai am Riff patrouillieren, er hatte bestimmt eine Länge von vier Metern, vielleicht ein Tigerhai, aber ich kannte mich mit den heimischen Haiarten in diesen Gewässern nicht hundertprozentig aus. Als die Reste des Kadavers weit genug rausgetrieben waren, schnappte sich der Hai einen Teil, dann war er auch schon wieder verschwunden.

Ich suchte den Horizont nach weiteren Haien ab, dabei fiel mir noch etwas auf und ich fragte gleich Pia: »Siehst du etwas am Himmel?«

»Nee, wieso?«

»Eben, eigentlich habe ich am Anfang meines Inselaufenthaltes immer ein paar Kondensstreifen gesehen, aber wenn ich darüber nachdenke, fiel mir in den letzten Wochen keiner mehr auf und jetzt sehe ich auch nichts. Das muss bedeuten, dass es keinen Flugverkehr mehr gibt.«

»Was hast du denn gedacht?«, antwortete sie in einem ärgerlichen Ton, »was nach den Ereignissen passieren wird, wir haben doch anschaulich beschrieben, was wir in Australien gehört und gesehen haben.«

»Ist ja schon gut, ich kanns mir wahrscheinlich immer noch nicht so richtig vorstellen, vielleicht muss ich mich doch noch selbst davon überzeugen.«

»Glaubst du mir etwa nicht?«, herrschte mich Pia jetzt an.

Bahnte sich da etwa ein Streit zwischen uns an? Ist das so schwer verständlich, dass man bestimmte Dinge oft selbst sehen muss, damit man sich von etwas überzeugen kann. Ich packte die Fleischstücke zusammen und machte mich auf den Rückweg, Pia ließ ich einfach stehen, sollte sie sich erst einmal wieder beruhigen. Schweigend liefen wir den Weg zurück, Pia immer ein Stück hinter mir.

Im Lager freuten sich alle über unseren Fang. Wolfgang lag auf seinem Schlafsack im Halbschatten an einem geschützten Platz. Er sah unverändert schlecht aus. Michael und Sophia kamen auch erst zurück und hatten die Insel nach weiteren Früchten erkundet. Wie ich sah mit Erfolg, denn sie hatten einen ganzen Sack davon gesammelt. Anscheinend war Wolfgang heute das erste Mal alleine im Lager, aber eine ständige Bewachung konnte er nicht verlangen, das wusste er bestimmt auch. Im Ernstfall konnten wir so und so nicht helfen. Sophia fiel sofort unsere schlechte Stimmung auf und fragte unverblümt danach. Bereitwillig erzählte ich ihr alles, vielleicht sah es dann auch Pia ein.

Zum Schluss bemerkte ich noch: »Auch wenn ich mich hier in eurer Gesellschaft wohlfühle«, dabei schaute ich vor allem Pia an, »kann ich mir nicht vorstellen, mein ganzes restliches Leben auf der Insel zu verbringen. Natürlich glaube ich, dass die Ereignisse, von denen ihr mir erzählt habt, keinesfalls übertrieben sind. Aber seit einer Woche habe ich eben so eine seltsame Unruhe, doch noch mal in die Zivilisation zurückzukehren, selbst wenn sie nicht mehr so wie früher sein wird. Aber vielleicht tun sich doch irgendwelche ungeahnten

Möglichkeiten auf, vielleicht gibt es doch noch einen Teil der Erde, der nicht so schlimm betroffen ist, auch wenn das wahrscheinlich nicht Europa sein wird.«

Michael nickte und antwortete: »Zufällig haben wir uns heute auch über das Thema unterhalten, aber wir waren beide der Meinung, dass der Schock noch zu tief sitzt, um eine Rückkehr zu wagen. Wir wissen ja auch nicht, welche Gefahren uns erwarten. Möglicherweise geht es den Menschen schon so schlecht, dass sie uns sofort ausplündern, wenn wir versuchen irgendwo wieder einen Kontakt herzustellen.«

Endlich meldete sich Pia zu Wort: »Das meine ich auch, obwohl ich Klaus auch verstehen kann, immerhin wurde er ja gegen seinen Willen auf der Insel zurückgelassen.«

Ich freute mich, dass Pia meine Position verstand, allerdings wurde mir klar, dass eine Rückkehr wirklich mit vielen Gefahren verbunden sein konnte, deswegen kam ich für mich zu einem Entschluss, den ich den anderen mitteilte: »Ich denke ihr habt recht, mein Gefühl wird zwar bleiben, aber in der nächsten Zeit ist es bestimmt das Sinnvollste, weiterhin auf der Insel zu bleiben. Was die Zukunft bringt, werden wir später merken.«

Wir grillten die Fleischstücke auf einem heißen Stein am Feuer, und aßen sie genüsslich mit den frisch gesammelten Früchten. Pia war nicht mehr eingeschnappt und wir unterhielten uns über das köstliche Fleisch, was für uns eine willkommene Abwechslung war. Dabei fiel mir ein, dass ich vergessen hatte, die Falle wieder neu herzurichten. Also bin ich einmal umsonst gelaufen, allerdings konnte ich gleich mehrere Gruben buddeln, denn diese Methode schien erfolgversprechend zu sein. Wolfgang setzte sich zu uns und aß auch etwas, allerdings sah man an seinem Gesicht und an dem Schweigen, dass er starke Schmerzen haben musste, davon ließ ich mir aber das Essen nicht vermiesen. In der Nacht schlief ich lange nicht ein, obwohl Pia in meinem Arm lag, aber mir wurde doch bewusst, dass ich irgendwann die Insel verlassen musste, und wenn's nicht anders ging, dann vielleicht sogar allein.

Am Morgen wurde ich von einem heftigen Rütteln geweckt. Ich schlug die Augen auf und blickte in die sorgenvolle Miene von Sophia.

»Wolfgang ist nicht mehr ansprechbar, er stöhnt nur noch.«

Ich weckte Pia, dann gingen wir schnell zum anderen Unterstand. Wolfgang lag schmerzverkrümmt in seinem Schlafsack, kalter Schweiß stand auf seiner Stirn. Wir holten ihn aus seinem Schlafsack und legten ihn ins Freie. Seine Unterwäsche war ebenfalls schweißnass und er stank erbärmlich. Jetzt sahen wir ebenfalls, dass er nur noch aus Haut und Knochen bestand. Das konnte nicht mehr lange gut gehen, dasselbe mussten sich die anderen auch denken, als ich in ihre Gesichter blickte. Wir holten kaltes Wasser, ließen die üblichen Aufmunterungssprüche los, die aber diesmal gar nicht mehr zu ihm vorzudringen schienen. Wir einigten uns, dass ab jetzt ständig jemand bei Wolfgang bleiben musste, und wollten uns abwechseln. Nach dem Frühstück blieb ich zuerst da und die anderen Drei kümmerten sich um frischen Fisch. Ich musste die ganze Zeit auf unseren Patienten starren.

»Warum ist dieser Idiot mit seiner Krankheit nicht zu Hause geblieben«, dachte ich.

Das war zwar gemein, aber wir hatten schon genug Sorgen, außerdem musste ich ehrlich zugeben, dass ich kein besonders inniges Verhältnis zu ihm hatte. Er war ja eigentlich schon von Anfang an krank und hielt sich aus dem sozialen Geschehen weitgehend raus. Vielmehr machte ich mir Gedanken über meine Familie. Trotzdem versuchte ich ihn so gut wie möglich zu unterstützen. Als er irgendwann besonders stark zu stöhnen anfing, fragte ich ihn ganz eindringlich, was genau weh tun würde. Er stammelte etwas und ich musste mit meinem Ohr ganz nah an sein Gesicht gehen.

Das stank zwar entsetzlich, aber erst da verstand ich es: »Ich spüre meine ganze linke Seite nicht mehr, außerdem ist mir speiübel.«

Als wenn er dem Gesagten Nachdruck verleihen wollte, spuckte er eine grüngelbe Gallenflüssigkeit aus. Ich wandte mich angewidert ab, doch plötzlich schien er keine Luft mehr zu bekommen. Er hatte sich verschluckt und begann wild zu japsen, dabei fing er auch noch zu würgen an. Mir schoss der Puls in die Höhe. Was konnte ich tun? Ich drehte ihn zur Seite, damit die Flüssigkeit ablaufen konnte, und überlegte, ob ich ihn beatmen sollte. Das war aber durch sein Würgen und Japsen ein Ding der Unmöglichkeit. Ohne ein Eingreifen wäre es aber ein aussichtsloser Kampf. Ich öffnete ihm den Mund, um gegebenenfalls das Erbrochene mit dem Finger rauszuholen, fand aber nichts.

Wenigstens wurde das Japsen etwas weniger, da holte mich Wolfgang nochmals her und flüsterte mir ins Ohr:

»Lasst mich!«

Wie meinte er das?

»Wir lassen dich nicht einfach so sterben«, stieß ich hervor, doch Wolfgang schüttelte nur den Kopf.

Nach ungefähr fünf Minuten krümmte er sich nochmals und fing wieder das Würgen an. So heftig, dass ich ihn nicht mehr in der stabilen Seitenlage halten konnte. Ich war fix und fertig, denn jetzt war es ein Todeskampf und ich hatte nur die Rolle des Beobachters. Plötzlich blieb er regungslos liegen. Er atmete nicht mehr, seinen Puls konnte ich auch nicht mehr tasten. Panisch versuchte ich eine Mund zu Nase Beatmung mit einer Herzdruckmassage, doch es schien keinen Erfolg zu haben, denn er rührte sich nicht. Trotzdem machte ich weiter, was wahnsinnig anstrengend war. Ich weiß nicht mehr wie lange, als ich unvermittelt eine Hand auf meiner Schulter spürte. Erschrocken drehte ich mich um, da sah ich Pia, Michael und Sophia schweigend hinter mir stehen. Anscheinend waren sie gerade vom Angeln zurückgekehrt.

Sophia sagte: »Du kannst aufhören, es ist vorbei.«

Erschöpft ließ ich mich zurücksinken, ich war total fertig, wieder einmal nach so kurzer Zeit. Ein fatales Ereignis schien das nächste abzulösen. Wir betrachteten ihn eindringlich.

»Endlich wurde er von seinem Leiden erlöst«, stellte Michael fest.

Sophia liefen die Tränen herunter, auch ich war nah dran. Noch ein Toter innerhalb weniger Tage, diesmal ungewollt. Allerdings war allen klar, dass dieser Fall früher oder später eintreten würde. Wir überlegten, ob wir Wolfgang vergraben oder wie Cedric ins Wasser schmeißen sollten. Mir wars eigentlich wurscht, aber die anderen meinten doch, dass Wolfgang es nicht verdient hätte, von den Haien aufgefressen zu werden.

Also machten wir uns mit den zwei Äxten auf und suchten eine besonders weiche Bodenstelle ein gutes Stück vom Lager entfernt. Wir wurden relativ schnell fündig und buddelten ein möglichst großes Loch, damit keine Tiere hinkamen. Pia und Sophia bastelten noch ein Kreuz und nach zwei Stunden war das Grab fertig. Die unangenehme Aufgabe, die Leiche nochmals anzulangen und ins Grab zu legen, blieb Michael und mir überlassen. Pia sammelte Wolfgangs persönliche Gegenstände zusammen, wie zum Beispiel ein paar Bilder von seiner Familie, und legte sie dazu. Dann schaufelten wir das Loch samt Inhalt zu und stellten das Kreuz auf. Sophia sprach schluchzend ein paar nette Worte, wie dass er sich bald in einer besseren Welt befinden würde und immer ein netter, ausgelassener Freund war, auch wenn er schon ein paar Jährchen mehr auf dem Buckel hatte. Erschöpft gingen Michael und ich zum Meer um uns den Schweiß und den Gestank abzuwaschen. Dabei stellte ich fest, dass meine Hose und mein Hemd auch schon bessere Tage gesehen hatten. Als wir das Meer verließen, neigte sich der Tag dem Ende entgegen, und ein weiteres, schicksalhaftes Ereignis hatte sich auf unserem kleinen Eiland zugetragen.

Fernweh

Die Tage und Wochen flossen nach den zwei Todesfällen jetzt gleichmäßig dahin, ohne dass irgendetwas Aufregendes passierte. Einmal überraschte uns ein Unwetter, aber die Unterstände hielten und zu viert hat man weniger Angst, als wenn man alleine den Elementen ausgeliefert war. Wir wurden zu einem eingespielten Team, die Nahrungsbeschaffung und die Verrichtung der alltäglichen Arbeiten gingen einfach von der Hand, alle beteiligten sich gleichermaßen und es gab nie Stress, dass einer das Gefühl hatte zu viel zu machen oder auf sonst irgendeine Weise benachteiligt zu werden. Wir fingen ab und zu ein Gürteltier, regelmäßig Snapper und kannten uns jetzt gut mit den essbaren Früchten aus, so dass wir immer ausreichend frisches Obst hatten. Wir lachten viel, genossen die Sonne und das erfrischende Meer, also insgesamt ein relaxtes Leben, denn ich hatte nun auch eine Freundin, mit der nicht nur der Sex Spaß machte, sondern mit der ich mich auch gut verstand. Zudem hatte ich mit Michael und Sophia zusätzlich zwei angenehme Gefährten an meiner Seite, mit denen man über alles reden konnte, die einem zuhören konnten und keine Dummschwätzer waren. Dennoch lastete natürlich auf allen die Katastrophe, die so unvorstellbar schien, dass man nie wieder seine Familie, die Verwandten und seine Freunde sehen und nie mehr in die Zivilisation zurückkehren konnte. Sicherlich vermisste jeder von uns etwas anderes am meisten, aber eben jeder irgendetwas, keiner von uns war völlig unbeschwert, doch die wirklichen Ängste und Sorgen wurden nicht angesprochen, denn man hatte

Angst eine Entscheidung zu treffen, wie die Zukunft gestaltet werden sollte. So wurschtelten wir vor uns hin, und ich hing schon über ein halbes Jahr auf der Insel fest, aber langsam kam mir das Zeitgefühl abhanden, weil jeder Tag gleich ablief, und ich es mit der Zeitrechnung nicht mehr so genau nahm, zu welchem Zweck denn auch.

Allerdings bedrückte mich zunehmend das Gefühl, die Insel in absehbarer Zeit verlassen zu müssen. Ich sprach mit niemandem darüber, denn ich hatte deswegen schon einmal eine Auseinandersetzung mit Pia, die Meinung von den beiden anderen kannte ich auch, dass sie erst einmal abwarten wollten und bisher hatten sie sich noch nicht anders dazu geäußert. Aber alleine die Vorstellung für immer hier festzuhängen und keinen Versuch mehr zu unternehmen meine Familie wiederzusehen, ließ mich langsam verzweifeln. Das konnte es doch nicht gewesen sein? Wie sahen es die anderen? Mir war klar, dass sie von den Vorfällen in Australien geschockt waren, und vielleicht es immer noch waren, wie konnte man sich sonst ihr Verhalten erklären. Meine Gedanken konnte ich nach außen hin immer weniger verbergen, ich reagierte bei vielen Dingen gereizter und wurde immer mürrischer. Allerdings stellte ich ein verändertes Verhalten auch bei den anderen fest, vor allem bei Sophia und Michael, die sich nun häufiger in der Wolle hatten.

Eines Abends am Lagerfeuer ergriff endlich Pia das Wort: »Mir fällt auf, dass unsere Stimmung immer gereizter wird, was ist denn mit euch los?«

»Eine gute Gelegenheit, den anderen reinen Wein einzuschenken«, dachte ich mir und erzählte ihnen von meinem Kummer und dem bevorstehenden Inselkoller.

Überraschenderweise teilte auch Michael meine Meinung, es doch noch einmal zu versuchen. Es stellte sich heraus, dass dies der Anlass für die Meinungsverschiedenheit der beiden war. Wir redeten lange darüber, und ich versuchte Pia und Sophia klar zu machen, dass ich ihre Sorgen vollkommen verstehen würde, wenn wir den Versuch unternehmen würden die Insel zu verlassen, dass wir dies natürlich sogar mit dem Leben bezahlen könnten, aber nach ein paar Monaten, da war ich mir sicher, würden wir uns hier auch an die Gurgel gehen, denn die Ungewissheit, was in der Welt vor sich geht, würde uns langsam, aber sicher, den Verstand rauben. Wir wurden alle ziemlich nachdenklich und beschlossen, dass jeder für sich nochmals überlegen sollte, was er tun wollte, und wir dann ohne Eile gemeinsam einen Entschluss fassen wollten.

Pia schien jetzt mein Vorhaben langsam zu verstehen, denn als wir zu zweit wieder einmal am Strand lagen, sprach sie mich unvermittelt an: »Du, ich glaube wir sollten es doch tun, ich bin zwar hin und her gerissen, aber tief in meinem Inneren will ich auch hier weg, um wirklich sicher zu wissen, wie es da draußen steht. Wir waren ja ziemlich kurz in Australien und haben nur einen kleinen Teil von der Katastrophe gesehen, vielleicht ist es gar nicht so schlimm und wir können zurückkehren, und wenn nicht, dann segeln wir einfach wieder zurück oder vielleicht wo anders hin. Aber hast du dir schon einmal überlegt, was mit uns wird, wenn du wieder zu deiner Familie zurückkehrst, das wars dann, oder?«

»Ich weiß es nicht, vielleicht lasse ich mich scheiden, ehrlich gesagt, kann ich mir mein altes Leben gar nicht mehr vorstellen, das scheint schon weit weg und irgendwie so irreal zu sein, momentan bist du für mich mein Leben, aber ich habe das Gefühl, Gewissheit erlangen zu müssen, was nicht nur mit meiner Familie - ich habe ja auch noch zwei Kinder - passiert ist, sondern ob wirklich alles ausgelöscht wurde und es unmöglich ist, ein Leben, so wie wir es kannten, weiterzuführen«, antwortete ich nachdenklich.

Pia schien mich zu verstehen, und ihre anfänglichen Eifersuchtsgedanken kamen ihr lächerlich vor, denn bei diesem Vorhaben hatte eben etwas anderes Vorrang, nämlich Gewissheit zu erlangen.

Auch Sonja dachte immer häufiger darüber nach, was passieren würde, wenn wir auf der Insel bleiben würden, denn nach Pia teilte auch sie mir ihre Befürchtungen mit, dass sie zwar wahnsinnige Angst hatte, sich noch mal in Gefahr zu begeben, ihr allerdings auch klar war, dass sie ihre Beziehung zu Michael ernsthaft gefährden würde, wenn sie sich mit aller Gewalt durchsetzen würde, und das wäre vielleicht schlimmer, denn sie liebte Michael über alles. So fassten wir langsam den Entschluss, die Insel zu verlassen. Obwohl wir diesen noch nicht offen ausgesprochen hatten, war doch jedem klar, dass früher oder später der Tag kommen würde. Wir waren aber auch klug genug, nichts zu überstürzen, denn jeder sollte in die Entscheidung mit eingebunden werden, und keiner sollte gegen seinen Willen handeln müssen. Lieber wollte ich im Vorfeld, falls notwendig, bei den Frauen mehr Überzeugungsarbeit leisten, dachte ich mir. Außerdem mussten wir genau überlegen, welche Route wir segeln wollten, bei der Navigation durfte nichts schief gehen, denn das GPS im Boot funktionierte nicht mehr, und was wir für die Reise alles benötigten, vor allem wie viel Proviant, denn die Zeit, wie lange wir unterwegs sein würden, hing von vielen Faktoren ab und war schwer einzuschätzen. Das alles musste sorgfältig durchdacht werden und brauchte seine Zeit, denn eine falsche Planung konnte schnell unseren Tod bedeuten. Wenn wir schon nicht die Gefahr einschätzen konnten, was uns an Land erwarten würde, so sollten wir wenigstens das Wagnis des Segelns über den offenen Ozean möglichst erfolgreich hinter uns bringen.

3. Teil

Überstürzter Aufbruch

Wir inspizierten erstmals eingehend das Segelboot. Es hatte die ganze Zeit in der geschützten Bucht unbeschadet überstanden. Diesel war natürlich nicht mehr im Tank, aber das circa zwölf Meter kleine Segelboot ließ sich nach Aussage der anderen auch sehr gut ohne Hilfe des Motors auf engerem Raum navigieren, wenn man zum Beispiel in einen Hafen einfahren musste. Bei Windstille musste man halt warten und hoffen, nicht allzu stark vom Kurs abzukommen. Wir wollten erst einmal vierhundert Kilometer nach Westen segeln, dann müssten wir nämlich nach Neukaledonien gelangen. Dort wollten wir versuchen, schon Informationen einzuholen, um uns eine genauere Vorstellung machen zu können, was uns in Australien erwarten würde. Auf jeden Fall wollten wir anschließend weiter nach Australien, und wenn wir dann Kurs in südwestliche Richtung nahmen, müssten wir Brisbane oder die nähere Umgebung erreichen.

Welchen Monat wir exakt hatten, wussten wir nicht mit letzter Gewissheit, es musste aber nach längeren Schätzungen Mitte oder Ende April sein. Das Klima wurde zunehmend trockener und war nicht mehr ganz so schwülwarm. Die südöstlichen Passatwinde, die in der Trockenzeit von Mai bis Oktober vorherrschten, waren für unser Segelvorhaben die nahezu perfekten Winde. Also konnten wir in Ruhe unsere Sachen packen und uns auf die Reise vorbereiten, um dann Anfang Mai, wenn das Wetter stabil genug war, loszusegeln. Auf dem Boot befand sich ein moderner Sextant, mit dem man tagsüber anhand des Winkels vom Horizont zur Sonne und nachts zu bestimmten Sternen seine Position ziemlich genau bestimmen konnte. Michael kannte sich anscheinend gut mit diesem Instrument aus, was früher neben dem Kompass das zuverlässigste Messinstrument bei der Seefahrt war, denn meine österreichischen Segelfreunde konnten sich schon auf der Fahrt zu meiner Insel mit seiner Hilfe sicher orientieren. Einen Kompass hatten wir zudem auch.

Je länger und genauer unsere Planung fortschritt, desto mehr Mut schöpften wir, dass diese Reise ohne größere Katastrophen gelingen würde. Wir hatten alles Erforderliche für eine längere Seereise, und wenn wir aus welchen Gründen auch immer, nicht an unser Ziel gelangen sollten, konnten wir immer noch auf einer anderen Insel anlanden, und wären damit nicht verloren, weil wir ja alles hatten, was man zum Überleben brauchte, außer die Insel hätte keine Nahrung zu bieten. Das Einzige, was uns Angst machte, war, was uns in der Zivilisation erwarten würde, sofern es diese überhaupt noch gab.

Wir packten also unsere sämtlichen verbliebenen Konservendosen in Behälter und in die Stauräume des Segelbootes. Die leeren mitgebrachten Plastikflaschen, sämtliche Kanister und den Bootswassertank befüllten wir mit frischem Trinkwasser. Wir hatten hundertzwanzig Wasserflaschen mit jeweils eineinhalb Liter und vierzig Flaschen mit einem halben Liter Inhalt, drei Kanister mit jeweils zwanzig Litern und der Wassertank fasste zweihundert Liter. Insgesamt hatten wir also vierhundertsechzig Liter Trinkwasser dabei. Duschen oder Toilettengänge an Bord waren natürlich ausgeschlossen, somit durfte das ausreichend Trinkwasser sein. Wenn jeder ungefähr zwei Liter am Tag trank, hatten wir für über fünfzig Tage Trinkwasser, wenn man die verbleibenden sechzig Liter als Reserve rechnete. Wir pflückten viele frische Früchte, die noch nicht ganz reif waren, damit sie an Bord möglichst lange hielten, Strom hatten wir mangels Diesel natürlich keinen, somit funktionierte auch der Kühlschrank nicht. Ein Windrad zur Energieerzeugung war leider nicht vorhanden. Das Fleisch und die größeren Mengen Fisch, die wir nach und nach fingen, ließen wir in der Sonne trocknen und rieben die Stücke mit Meersalz ein, um sie zu konservieren.

So sammelten wir unsere Vorräte und wollten in ein paar Tagen aufbrechen, als plötzlich etwas Unerwartetes passierte. Ich war gerade auf dem Schiff um Vorräte zu verstauen, als ich weit draußen am Horizont etwas sah, womit ich niemals gerechnet hatte: Ein großes Schiff. Es musste der Form nach ein Tanker sein, etwa vierzig Kilometer von der Insel entfernt. Ich beobachtete ihn eine Weile total fasziniert, bis ich die anderen herbeitrommelte.

Alle starrten ungläubig den Tanker am Horizont an, bis Michael feststellte: »Der bewegt sich ja gar nicht. Wir beobachten ihn bestimmt schon eine halbe Stunde, und er steht immer noch an der selben Stelle.«

»Stimmt, wenn man ein größeres Schiff weiter draußen sieht, dann ist es innerhalb einiger Minuten ein Stück weiter am Horizont. Das habe ich als Kind während meiner Urlaube häufig beobachtet,« gab ich Michael Recht.

Unsere Vermutung bestätigte sich, als wir das Schiff noch eine Weile beobachteten.

»Da müssen doch Menschen an Bord sein, so ein Tanker fährt ja nicht von alleine. Die können uns bestimmt einiges erzählen, vielleicht sind sie sogar von Europa«, rief Sophia aufgeregt.

»Wieso steht dann das Schiff so gut wie auf der Stelle?«, fragte ich sie.

»Vielleicht haben die auch keinen Sprit mehr.«

»Bei einem Öltanker?«, gab ich zu bedenken.

»Wissen wir ja nicht genau, vielleicht kann man auch das Öl im Laderaum nicht einfach in den Treibstofftank pumpen«, meldete sich jetzt Pia zu Wort.

Da konnte was Wahres dran sein, dachte ich. Wir diskutierten eine Weile angeregt weiter, aber Sophia hatte uns mit ihrer Neugierde angesteckt, mit der Besatzung Kontakt aufzunehmen. Es war früh am Morgen und das Meiste befand sich bereits an Bord. Vielleicht war es eine Kurzschlusshandlung, aber wir verspürten auf einmal so einen Drang, uns mit Menschen auszutauschen, dass wir in Windeseile unsere restlichen Sachen vom Lager holten, alle herumliegenden Kleinigkeiten zusammenrafften, die Nahrungsmittel waren ja schon fast alle verstaut, und einige Stunden später den Anker lichteten, die Taue lösten und in Richtung Tanker segelten.

Als wir die Bucht verließen und sich die Insel langsam von mir entfernte, überkam mich ein ganz eigenartiges Gefühl. Ich glaubte, den anderen ging es ähnlich, aber zum Nachdenken blieb nicht viel Zeit, denn wir hatten zu tun, die Segel richtig zu setzen, um möglichst in die Richtung des Tankers zu segeln. Gott sei Dank waren Sophia, Pia und Michael ein eingespielte Team, die wussten, wo sie hinlangen mussten. Ich half so gut es ging, und im Nu hatten wir das große Segel und das Vorsegel, die sogenannte Fock, ausgerollt. Die Yacht war noch ziemlich neu, so dass sie insgesamt in einem guten Zustand war.

»Wisst ihr den Weg raus, die Insel umgibt doch ein Riff«, kam mir plötzlich in den Sinn.

Ein Entlangschrammen mit dem Kiel konnte das sofortige Ende unserer Reise bedeuten. Michael gab zu verstehen, dass er anscheinend eine breitere Stelle wusste, wo man ungehindert aufs offene Meer segeln konnte. Und tatsächlich, genau unter uns war das Wasser viel dunkler als an den Seiten. Ich war erstaunt, wie zielsicher Michael die Stelle wiedergefunden hatte. Nun gab es kein Zurück mehr, unsere abenteuerliche Reise ins Ungewisse begann.

Unheimliche Begegnung

Wir entfernten uns schnell von der Insel und als wir außerhalb des Windschattens waren, nahmen Windstärke und Wellenhöhe schlagartig zu. Das Boot hatte sofort eine ziemliche Krängung, lag aber gut im Wind und machte flotte Fahrt, laut Geschwindigkeitsmesser acht Knoten. Allerdings mussten wir erst einmal nach Süden segeln, um den Öltanker zu erreichen, also kreuzen, das heißt im Zickzack nahezu gegen den Wind segeln, was natürlich ein nur langsames Vorankommen bedeutete. Ich hatte den Eindruck, dass alle mit der Entscheidung zufrieden waren, die Insel zu verlassen. Das bedeutete eine Art Aufbruch, weil doch jeder tief im Innersten glaubte, dass es dies einfach noch nicht gewesen sein kann, die Hoffnung stirbt bekanntermaßen zuletzt. Wir beobachteten den Tanker, der langsam näher kam, er musste mindestens zweihundert bis dreihundert Meter lang sein. Wir waren sicher, dass es sich um ein Öltanker handeln musste. Bald fing es aber an zu dämmern, und die Umrisse des Schiffes verschwammen langsam, wir waren jetzt ungefähr auf dreißig Kilometer herangekommen. Schnell ging die Sonne unter, und wir hatten vereinbart, dass wir bei sternenklarem Nachthimmel und ruhigem Wellengang langsam weitersegeln wollten, dabei mussten immer zwei wach sein, während die anderen im Wechsel schlafen konnten. Bei schlechter Sicht oder rauer See wollten wir uns treiben lassen, allerdings mussten hier auch immer zwei aufpassen, damit man nicht mit irgendetwas kollidierte. Also machten wir langsame Fahrt, während Pia und ich als Erstes mit der Nachtwache dran waren. Wir fuhren nur noch nach

Kompass in dieselbe Richtung, die wir schon tagsüber anvisiert hatten. Was vor uns lag, sahen wir ungefähr hundert Meter weit ziemlich genau, den Tanker verloren wir aber in der Dunkelheit vollkommen aus den Augen, allerdings hatten wir schon vorher festgestellt, dass sich dieser kaum von der Stelle bewegte. Den Kurs zu halten war natürlich beim Kreuzen nicht so einfach, da man nie direkt in die Richtung segeln konnte, wo man hinwollte, da ja der Wind genau entgegenkam. Wir machten vielleicht fünf Wenden, und versuchten dann immer im gleichen Winkel weiterzusegeln. Nach vier Stunden fielen wir erschöpft ins Bett und weckten die anderen. Michael, unser Navigator und Experte mit dem Sextant, würde wahrscheinlich das Boot präziser durch die Nacht steuern können.

»Klaus, komm schnell nach oben!«

Mit diesen Worten rüttelte Michael mich unsanft wach. Also stieg ich mit Pia die engen Stufen von der Kajüte auf das Deck und schaute beeindruckt auf den Tanker, der nun in der beginnenden Morgendämmerung nur noch circa einen Kilometer entfernt war. Das Ding war gigantisch groß. Ein Motorengeräusch konnten wir nicht wahrnehmen, also trieb der Koloss einfach so dahin. Als wir näher ransegelten, jetzt war die riesige Schiffswand schon zum Greifen nah, riefen wir auf Englisch zum Schiff rüber, um uns bemerkbar zu machen. Wer weiß, ob uns die Besatzung auch freundlich gesinnt war, oder vielleicht einfach auf uns schoss, wovon wir aber nicht ausgingen. So schnell wieder auf Menschen zu treffen, wäre einfach toll. Was für Neuigkeiten würden sie uns erzählen? So viel wir aber auch schrien, nichts rührte sich auf Deck. Also segelten wir ganz dicht an die Bordwand, was mit dem relativ ruhigem Seegang und den gleichmäßigen, nicht allzu starken Wind überhaupt erst möglich war.

»Da, ganz vorne ist so eine Art Strickleiter«, rief Sophia ganz aufgeregt.

Unser Boot sah im Vergleich zu diesem riesigen Stahlkoloss wie eine Nussschale aus. Langsam und behutsam segelten wir zu dieser Leiter hin, legten die Fender auf der Backbordseite raus und vertäuten unser Boot mit der Stahlleiter, die fest mit dem Schiff verankert war. So konnten wir nicht gegen die Stahlwand schlagen und unser Schiff beschädigen.

»Was machen wir jetzt?«, rief ich aufgeregt, »mit der Besatzung scheint ja irgendetwas nicht zu stimmen!«

»Ich glaube wir sollten einfach weitersegeln«, meinte Sophia.

»Dann erfahren wir nie, was wirklich passiert ist, vielleicht gibt es ja noch Lebende an Bord, vielleicht sind sie nur verletzt«, sagte Michael.

Nach einigem Zögern entschied ich mich: »Also gut, ich gehe, Michael muss auf dem Schiff bleiben, weil er sich auskennt.«

Die anderen waren einverstanden, allerdings wollte Pia auch mit. Wir überzeugten sie aber, dass erst einmal einer von uns genug war, die Lage auf diesem mysteriösen Schiff zu sondieren.

Widerwillig ließ sie mich abziehen, also erklomm ich die Leiter und hangelte mich vorsichtig an dem kalten Stahl nach oben. Mein Herz pochte wie wild, denn ich hatte keine Ahnung, was mich erwarten würde, außerdem war ich nicht schwindelfrei, und das waren gut und gern dreißig Meter, die ich nach oben steigen musste. Ich konzentrierte mich ganz auf jede einzelne Sprosse, denn man musste wahnsinnig aufpassen, auf dem feuchten Stahl nicht den Halt zu verlieren. Langsam wurden meine Beine butterweich, aber ich signalisierte den anderen, die mich erwartungsvoll von unten anschauten, dass alles in Ordnung sei. Endlich erreichte ich die letzte Sprosse und lugte über die Bordwand. Menschenleer. Ich betrat das Deck und schaute mich gespannt um. Einige Gegenstände lagen verstreut rum, die alle irgendwie mit der Arbeit an Bord zu tun hatten, ich entdeckte sogar einen ölverschmierten Arbeitshandschuh. Also mussten Menschen an Bord sein. Ich ging zu dem Turm am Anfang des Schiffes, in dem sich üblicherweise die Brücke und die Kajüten der Mannschaft befanden. Das dauerte eine Weile, denn ich musste mich an Kränen und Containern, die aber alle verschweißt waren, vorbeischlängeln. Nachdem ich endlich unten am Turm angekommen war, schaute ich durch eine offene Luke hinein und machte mich bemerkbar. Nichts! Keine Antwort! Wurde ich vielleicht beobachtet? Ich schaute mich nach allen Seiten um, konnte aber nichts wahrnehmen - nicht das leiseste Geräusch. Weiter oben sah ich viele Fenster aneinandergereiht, die auf beiden Seiten des Turms darüber hinausgingen, das musste die Brücke sein. Also nahm ich all meinen Mut zusammen und ging hinein. Je weiter ich durch die einzelnen Räume ging, desto dunkler und unübersichtlicher wurde es. Der, in dem ich mich gerade befand, musste so eine Art Aufenthaltsraum sein, weil hier lauter Tische und Stühle standen. Links hinten sah ich einen Aufgang, und beschloss weiter hoch zu gehen, vielleicht würde ich bis zur Brücke kommen und da etwas über das Schicksal der Besatzung erfahren. Langsam glaubte ich nicht mehr, ein menschliches Wesen in dem Schiff anzutreffen. Der

126

Aufgang war stockdunkel. Verdammt, warum hatte ich keine Taschenlampe dabei? In der Dunkelheit war es ganz schön gefährlich, ich sah überhaupt nicht, wo ich hintrat. Ich tastete mich langsam an der Wand entlang nach oben und nahm noch einen Treppenaufgang in Angriff, denn die Brücke musste ein Stockwerk weiter oben sein. Hinter der nächsten Biegung fiel plötzlich ein kleiner Lichtschimmer auf die Stufen.

Ich sah eine Tür und ging hindurch und da roch ich es schlagartig. Einen penetranten, süßlichen Duft, der mich sofort zum Würgen brachte. Das konnte nur eines bedeuten: Verwesende Leichen! Ich versuchte noch ein paar Schritte weiter zu gehen, aber der Geruch wurde so durchdringend, dass ich mich übergeben musste. Ich steigerte mich richtig in eine Panikattacke hinein, da ich neben dem entsetzlichen Gestank jederzeit mit einem sehr unschönen Anblick rechnen musste. Ich hatte plötzlich extreme Atemnot und mir wurde klar, ich musste sofort dieses Schiff wieder verlassen, selbst wenn ich überhaupt nichts in Erfahrung bringen würde. Das war mir aber völlig egal. Ich schleppte mich durch das Zimmer zur Treppe und ging schweißgebadet und zitternd die Treppe runter.

»Jetzt bloß nicht stürzen«, redete ich mir ein.

Endlich eine Tür! Ich ging hindurch, alles war nur schemenhaft zu erkennen. Wo war der Aufenthaltsraum? Ich musste doch jetzt in diesen verdammten Aufenthaltsraum kommen! Scheiße, ich hatte mich in diesem gotterbärmlichen Schiff verlaufen. Jetzt nur nicht die Nerven verlieren! Vielleicht bin ich ein Stockwerk auf der Treppe zu früh rausgegangen? Der nächste Raum war auch wieder so klein, also drehte ich um und ging zur Treppe zurück. Nun bemerkte ich den Geruch überall. Wo war die Treppe? Das gibt's doch nicht. Ah, hier, schön ruhig bleiben, redete ich mir ständig ein. Ich sah schon in jeder Ecke eine Leiche liegen, die mich durch leere Augenhöhlen anstarrte. Ich tastete mich wieder die dunkle Treppe hinunter, kurz bevor ich unten angelangt war, trat ich in etwas Weiches, Knirschendes. Ich schrie entsetzt auf und rannte durch die Tür. Gott sei Dank, ich stand im Aufenthaltsraum. Hier musste ich mich gleich nochmals übergeben und schaute dabei an meinem Bein hinunter. Mein ganzer Schuh und mein Socken waren mit einer klebrigen, roten Masse eingefärbt. Mir wurde schwindlig, ich musste nur noch hier raus. Meinen Atem brachte ich nicht mehr unter Kontrolle, ich hyperventilierte wie wahnsinnig, in meinen Händen bitzelte schon alles. Schritt für Schritt steuerte ich auf die Tür zu, die mich ins Freie bringen würde. Endlich war ich bei ihr und wollte raustreten. Doch vor mir stand eine Gestalt. Ich stürzte mich ohne nachzudenken auf sie, sie konnte mir auf diesem Geisterschiff nur Böses tun.

»Bist du durchgeknallt?«, drang gedämpft eine Stimme in mein Unterbewusstsein vor.

Ich starrte in das Gesicht meines Gegenübers und realisierte nach einer Weile, dass es Michael war. Entsetzt schauten wir uns beide an. Ich hatte geglaubt, eine lebendige Leiche vor mir zu haben, und Michael konnte nicht glauben, was ich gerade getan hatte.

»Wie siehst du denn aus, bist du einem Zombie begegnet?«

»Fast, komm lass uns den Scheißkahn verlassen!«

Ich war wieder einigermaßen bei Verstand und zerrte Michael zur Leiter, dabei erzählte ich ihm von dem Verwesungsgeruch und meinem Irrlauf durch das Schiff.

Zuletzt zeigte ich ihm die klebrige Masse auf meinem Schuh.

»Sollten wir es nicht noch mal zu zweit versuchen?«, überlegte Michael.

»Bist du wahnsinnig, ich wäre da drin vor Angst fast verreckt, hier gibt's nichts mehr zu sehen, das hier ist ein Schiff voller Leichen«, blaffte ich ihn an.

Das schien ihn zu überzeugen. Wir stiegen die Leiter hinab, und ich machte drei Kreuze, als ich unser Segelschiff wieder betrat. Sofort wusch ich meinen Schuh im Meerwasser, während die anderen die Leinen losmachten und wir ablegten. Später erfuhr ich, dass ich ganze drei Stunden auf dem Tanker war und Michael mich deshalb gesucht hatte. Diese Aktion war eine maßlose Enttäuschung, und wir rätselten lange, wie die Besatzung wohl zu Tode gekommen war. Vielleicht durch die Strahlen, durch eine Meuterei oder zu wenig Nahrungsmittel, letztendlich werden wir es nie in Erfahrung bringen, hauptsache ich bin heil davon gekommen.

Auf dem Meer

Unsere Gedanken richteten sich bald wieder auf die kommenden Ereignisse. Wir schlugen jetzt einen anderen Kurs ein und segelten Richtung Westen, allerdings nicht genau 270 Grad, sondern 275, also noch leicht nördlich, da wir ja ungefähr einen Tag Richtung Süden fuhren. Wir entspannten uns an Bord und genossen das Gefühl der Freiheit und endlich von der Insel wegzukommen, um wieder Kontakt zur Außenwelt aufzunehmen oder es zumindest zu versuchen, nachdem schon der erste Versuch glorreich missglückt war. Die Sonne brannte in unsere Gesichter, welche regelmäßig durch die aufspritzende Gischt wieder abgekühlt wurden. Wir ließen uns am späten Nachmittag unseren konservierten Fisch mit Früchten schmecken und tranken dazu die letzten Dosen Bier.

Auch diese Nacht konnten wir weiterfahren, da in der sternenklaren Nacht eine konstante, angenehme Brise wehte, die uns ein einfaches Segeln ermöglichte. Michael war sich mit dem Kurs ziemlich sicher, er richtete auch regelmäßig seinen Sextanten aus und berechnete die exakte Richtung, um nach Neu Kaledonien zu gelangen. Wir legten tagsüber eine Strecke von durchschnittlich hundert Kilometern und nachts ungefähr fünfzig Kilometern zurück. Nach Neu Kaledonien waren es circa tausend Kilometer, also mussten wir, wenn alles gut verlief, in einer Woche dort ankommen. Nach Brisbane waren es dann nochmals tausendfünfhundert Kilometer. Allerdings konnte man beim Segeln keine genauen zeitlichen Angaben machen, da man nie den direkten Weg nehmen konnte und natürlich auch von den Launen des Windes abhängig war.

In der dritten Nacht hatten wir ein tolles Erlebnis: Ich umklammerte müde das Steuer, als ich auf einmal ein lautes Plätschern in unmittelbarer Nähe des Bootes vernahm. Ich bekam einen mächtigen Schrecken, als ein lautes zischendes Geräusch dazukam. Sofort schaute ich zu der Stelle, wo ich dieses komische Geräusch vermutet hatte, aber es war nichts zu sehen. Wurden wir von einem U-Boot angegriffen? Ich musste wieder ans Steuer, um nicht vom Kurs abzukommen, hielt es aber für das Beste, die anderen zu wecken. Pia war sofort bei mir, denn sie schlief an Deck, wenig später quälten sich auch Michael und Sophia die Stufen hoch. Sie lauschten meiner Erzählung etwas ungläubig, suchten aber doch das Wasser rund ums Boot ab. Und plötzlich sahen wir vor uns die Ursache des mysteriösen Geräusches: Ein riesiger Walrücken tauchte unmittelbar vor dem Boot auf, stieß ruckartig die feuchte Luft durch sein Atemloch aus und tauchte wieder ab. Er hatte bestimmt zweimal die Länge von unserem Boot. Ein beeindruckendes Erlebnis, vor allem in der Nacht. Obwohl es nur ein Wal war, bekam man das Gefühl, doch nicht alleine auf der Welt zurückgeblieben zu sein. Wenn es so etwas Großes wie einen Wal gab, dann mussten auch noch Menschen auf diesem Planeten existieren, dachte ich mir. Vor allem zog dieses friedliche Säugetier so seelenruhig seine Bahn, als wäre nichts passiert, und nichts könnte den Giganten der Meere beunruhigen. Danach sahen wir unserem Abenteuer wieder etwas gelassener entgegen.

Als wir allerdings bereits den zehnten Tag auf dem Meer waren und bis dahin Tag und Nacht durchsegelten, fragten wir uns doch langsam, wann endlich Neu Kaledonien kommen würde. Ausreichend Nahrungsmittel und Trinkwasser hatten wir dabei, um locker direkt nach Australien zu segeln, aber wir hatten ja geplant, auf jeden Fall erst einmal das relativ kleine Eiland anzusteuern, um uns vorab über den Stand der Dinge zu informieren. Nach zwei weiteren Tagen waren wir uns sicher, dass wir wohl unseren Ausstieg verpasst haben mussten. Obwohl keiner direkt Michael beschuldigte, war es jedem, einschließlich Michael selbst, klar, dass er es verbockt hatte, denn er war der Navigator.

»O.K., ich nehme die Schuld auf mich, tut mir Leid, aber ich kann es nicht mehr rückgängig machen. Ich habe mich die letzten Tage ununterbrochen gefragt, wie mir das passieren konnte. Ich kann mir das nur so erklären, dass wir mit diesem blöden Öltanker doch zu weit nach Süden abgewichen sind. Und wenn wir dann bei unserem neuen Kurs nur um ein Grad zu wenig nach Norden gesegelt sind, müssten wir südlich an Neu Kaledonien vorbeigefahren sein. Wenn uns dies auch noch nachts passiert ist, könnte sich das vielleicht um eine Entfernung von weniger als zehn Kilometern handeln.«

Diese Einschätzung klang für uns alle plausibel. Es war nun mal passiert und wir mussten uns damit abfinden. Eine Umkehr schlossen wir aus, denn gegen den Wind würden wir zu viel Zeit verschwenden und wir hätten dann auch keine Garantie, auf die Insel zu treffen, da wir keine hundertprozentige Kurssicherheit mehr hatten. Den riesigen Kontinent Australien konnten wir auf jeden Fall nicht verfehlen, also setzten wir unsere Reise fort. Jetzt segelten wir südwestlich, da Brisbane zwar im Westen, aber auch ein gutes Stück weiter südlich lag. Ob wir natürlich direkt auf die Stadt treffen würden, war jetzt nicht mehr klar, da wir nicht wussten, um wie viele Seemeilen wir an Kaledonien vorbeigesegelt waren. Hauptsache aber war, dass wir Australien erreichen würden. Laut Karte und gefahrenen Meilen würden wir noch zwei, maximal drei Wochen unterwegs sein. Unsere Laune besserte sich allmählich wieder, das Wetter war uns immer noch wohlgesonnen und das Schiff ließ sich spielend leicht mit dem Wind hinfort tragen.

Unsere Nahrungsmittel und das Trinkwasser waren Gott sei Dank ausreichend vorhanden, wir konnten gut und gern noch einen Monat weitersegeln. In der dritten Woche nahm allerdings der Wind beständig zu, aus einer anfänglichen steifen Brise wurde allmählich ein Sturm. Wir mussten die Fock ganz einholen, und das Großsegel reffen. Dennoch zerrte der Wind wie verrückt am Segel und das Boot hatten eine ziemliche Schieflage. Wenn uns ein Wellenkamm direkt von der Seite erwischte, spritzte das Wasser übers ganze Boot, und die Reling auf der entsprechenden Seite tauchte komplett ins Wasser. Wir waren patschnass und froren mit der Zeit wie die Schneider, da wir nicht das passende Ölzeug für diese Wetterlage hatten. Immer wenn sich das Boot zur Seite neigte, bekam ich einen ziemlichen Schrecken und dachte jedes Mal, dass unser Bötchen kentern würde.

Michael versuchte mich zu beruhigen: »Keine Angst, der Kiel verhindert, dass das Boot kippt, ich bin schon häufiger bei solchen Stürmen und Wellen gefahren. Eigentlich machts da erst richtig Spaß, wenn wir unter anderen Umständen so einen Turn machen würden.«

Die letzten Worte von ihm wurden von der Gischt verschluckt, die wieder über das Boot blies. Ich musste immer wieder mit Erstaunen feststellen, wie sicher das Schiff sich in den Wellentälern bewegte, obwohl der Sturm so kräftig in das Segel wehte, dass es zu der ständigen Auf- und Abwärtsbewegung noch eine ziemlich starke Krängung, also Schieflage, besaß. Trotzdem konnte ich mein mulmiges Gefühl nicht beiseite schieben. Wir saßen alle dicht beisammen gedrängt auf den beiden Sitzreihen links und rechts neben dem Steuer. Mit dem Steuern wechselten wir uns ab, und man musste höllisch aufpassen, den Kurs zu halten, denn wir flitzten relativ schnell durch die Wellen, und die Sicht war gleich Null, so dass man nur nach der Kompassnadel fahren konnte. Nach jedem Wellental versuchte sich das blöde Boot in den Wind zu drehen, und man musste mit dem Steuer schon kurz vorher gegenhalten, allerdings auch nicht zu stark, sonst fiel es wiederum vom Wind ab. Ich kurbelte und fluchte wie ein Irrer, weil es mir immer noch nicht richtig gelang, rechtzeitig zu merken, wohin ich das Steuer drehen musste. Die anderen konnten das besser, selbst die beiden Frauen mussten immer wieder über meine Kurbelei schmunzeln.

Als es dämmerte, machte sich aber bei allen eine ungute Stimmung breit. Die Wellen sah man nur noch schemenhaft und wirkten dadurch viel unheimlicher. Zudem nahm die Windstärke nochmals zu und wurde allmählich zu einem Orkan. Als die Sonne weg war, wurde die Nacht kohlrabenschwarz. Wir warfen den Treibanker und holten die Segel ein. Der Sextant funktionierte jetzt natürlich nicht mehr. Ich machte mir vor Angst fast in die Hose und ich wusste, den anderen musste es ähnlich ergehen. Michael beruhigte uns immer wieder, denn Pia und Sophia fragten von nun an auch ständig besorgt nach unserer Sicherheit. Zwei waren in der Nacht an Deck, immer angeleint und mit Rettungswesten, die anderen beiden befanden sich unter Deck. An Schlafen war natürlich nicht zu denken. Als ich mit Pia oben saß und das Steuer fest umklammert hielt, passierte es ab und zu, dass das Boot in eine besonders steile Welle mit dem Bug voran richtig eintauchte und die Welle dann direkt über das Deck hinwegrollte. Oft rutschte das Boot auch hinter der Welle einfach ins Tal und das sah so aus, als würden wir uns gleich überschlagen. Meine Nerven lagen blank, ich hatte wieder mal um mein Leben Angst.

Bei dem nächsten Brecher schrie ich Pia an, anders konnte man sich bei dem Getöse gar nicht mehr verständigen: »Hol Michael, ich glaube wir sind kurz vor dem Kentern.«

Michael und Sophia kamen an Deck und Michael übernahm augenblicklich das Steuer. Endlich konnte ich die Verantwortung abgeben und es hatte den Anschein, als würde Michael die Wellen geschickter ansteuern. Wir kauerten uns alle eng neben dem Steuermann zusammen, unter Deck hielt man es so und so nicht mehr aus, da man Angst hatte, falls man kenterte, unter Deck nicht mehr rauszukommen. Auch war es besser, das Grauen direkt beobachten zu können. Als wir schon fast dachten, Michael könnte uns mit seiner Erfahrung sicher durch die Nacht steuern, sahen wir den gigantischen Wellenberg alle gleichzeitig, wie er sich unmittelbar vor unserem Schiff auftürmte. Bisher waren die Wellen vielleicht alle so um die sechs Meter, aber dieses Monster musste bestimmt eine Höhe von über zehn Metern haben. Ich starrte wie gebannt auf die schwarze Wasserwand.

Sophia und Pia fingen das Schreien an, ich war dazu nicht mehr fähig, auch Michael stand wie versteinert hinter dem Steuer und schrie nur noch viel lauter, um die Frauen zu übertönen:

»Festhalten.«

»Würde das noch was nützen? Der Wellenberg ist doch viel zu steil für unser Boot«, dachte ich mir.

Und dann schlugen auch schon die Wassermassen ein. Ich merkte nur noch wie der Bug direkt in die Welle eintauchte, dann sah ich nichts mehr. Ich befand mich plötzlich unter Wasser. Mit aller Kraft klammerte ich mich an der Reling fest. Ich verlor jegliche Orientierung, wusste nicht mehr was oben und unten war und schluckte jede Menge Wasser. Die Kräfte, die an mir zerrten, waren gigantisch. Unvermittelt sah ich wieder den sturmgepeitschten Himmel über mir. Das ekelhaft salzige Wasser würgte ich aus meinen Lungen und schnappte begierig nach Luft. Ich wurde fast ohnmächtig, riss mich aber zusammen. Gott sei Dank, Pia und Sophia saßen hustend neben mir. Sie lebten. Entsetzt starrte ich danach zum Steuer.

»Wo ist Michael?«, schrie ich.

Auch Pia und Sophia waren fassungslos. Wenn Michael über Bord gegangen war, wäre das gleichzeitig sein Todesurteil. Sophia übernahm sofort das Steuer, und ich sah, dass der Haken von Michaels Leine noch an der Reling befestigt war. Schnell wechselte ich die Seite und bemerkte, dass die Leine an der Bordwand entlang ins Wasser führte. Michael hing leblos halb im Wasser, halb im Freien am Ende der Leine. Zum Glück, wir haben ihn nicht verloren. Pia eilte mir zu Hilfe und mit vereinten Kräften zogen wir den Verunglückten an Bord, wobei wir mit den hohen Wellen wahnsinnig aufpassen mussten, nicht selbst über Bord zu gehen. Endlich hatten wir ihn über die Reling gehieft. Ich umschloss von hinten mit meinen Armen seinen Brustkasten und drückte ihn nach oben. In der Wasserwacht hatte ich einmal gelernt, dass dies das Wasser aus den Lungen pressen sollte. Beim zweiten Versuch kam auch endlich ein Wasserschwall aus Michaels Mund geschossen. Gleichzeitig fing er an, nach Luft zu ringen. Was für ein Glück! Er kam wieder zu sich. Wir brachten ihn unter Deck, wo Pia sich um ihn kümmerte. Ich blieb bei Sophia, und wir wechselten uns mit dem Steuern ab. Pitschnass und total erschöpft versuchten wir das Schiff durch diesen verfluchten Sturm zu steuern. Wann würde endlich die Sonne am Himmel auftauchen? Die Zeit schien endlos. Immer wieder überfluteten die Wellen das Boot, allerdings war kein so hoher Brecher mehr dabei. Das war unser Glück!

Nach einer gefühlten Ewigkeit dämmerte es auch endlich. Meine Finger waren so klamm, dass ich überhaupt kein Gefühl mehr hatte. Aber oh Wunder, man sah die Sonne am Horizont. Die schweren Wolken zogen ab und lösten sich auf. Der Wind blies nicht mehr ganz so heftig und die Wellen schienen nicht mehr ganz so hoch. Wir hatten den nächtlichen Orkan überstanden, das Wetter besserte sich eindeutig. Wenig später tauchten Michael und Pia auf. Sie hatten trockene Sachen an und lösten uns ab. Endlich!

»Danke, dass ihr mich gerettet habt, ich muss zugeben, das war doch mein schwerster Sturm«, grinste Michael.

Ich klopfte ihm auf die Schulter und Sophia und ich gingen sofort unter Deck, um uns aus den nassen Klamotten rauszuschälen. Meine Glieder waren vollkommen steif, und es brauchte eine Weile, bis ich mich umgezogen hatte, aber langsam spürte ich die Wärme zurückkehren. Wir legten uns aufs Deck und ließen die bereits wärmenden Sonnenstrahlen auf unsere Haut scheinen. Noch nie genoss ich die Sonne so sehr wie in diesem Augenblick, aber nicht nur die angenehme Wärme, sondern auch die Gewissheit, dass wir den Sturm überstanden hatten und der Tag die Nacht endlich verdrängt hatte.

Jetzt konnten wir uns wieder besser orientieren und stellten fest, dass wir weiter südlicher als geplant waren. Aber egal, die Küste Australiens würden wir bestimmt treffen. Schäden am Boot entdeckten wir keine, allerdings hatte der Sturm unser Beiboot abgerissen. Das Schiff war echt die Wucht. Also kehrten wir wieder zum Segelalltag zurück und nahmen Kurs in eine ungewisse Zukunft. Lang konnte unsere Reise nicht mehr dauern.

Land in Sicht

»Land in Sicht«, schrie ich aufgebracht.

Die Sonne erleuchtete kurz nach dem Auftauchen am Horizont schemenhaft die Umrisse einer riesigen Landmasse. So musste sich Columbus gefühlt haben, als er Amerika entdeckte.

»Das muss Australien sein«, entgegnete Michael erfreut.

Wir haben unser Ziel gefunden und konnten es kaum glauben. Jetzt war unsere ungefähr einmonatige Reise zu Ende. Schnell wurden die Konturen deutlicher und wir erkannten die Form einer größeren Stadt. Als wir uns weiter genähert hatten, sahen wir eine zerklüftete Küste, die ebenfalls eine Bebauung erkennen ließ.

»Das kann nur Sydney sein«, meinte Sophia, »diese Küstenform habe ich von einer Hafenrundfahrt, die ich damals entlang der Küste Sydneys gemacht hatte, genauso in Erinnerung.«

Michael war auch überzeugt: »Das könnte hinkommen, da wir ja schon bei Kaledonien zu weit südlich waren.«

Gespannt segelten wir in den breiten Meeresarm ein. Jetzt erkannten wir langsam das Ausmaß der Zerstörung. Schon die Randbezirke, die man links und rechts auf der weit ins Meer hinausragenden Landmasse erkenne konnte, waren völlig kaputt. Mehrstöckige Häuser waren in sich zusammengefallen oder ausgebrannt. Noch deutlicher wurde dies, wenn man die Downtown betrachtete, die auch ziemlich nah an der Küste lag. Von den Wolkenkratzern, welche dort reichlich vorhanden gewesen waren, stand kein einziger mehr. Beim Opernhaus konnte man auch nur noch eine für dieses Gebäude typische Seitenkuppel erkennen. Entsetzt starrten wir auf das sich uns bietende Szenario, so dass wir fast vergaßen, wo und wie wir anlegen sollten.

»Am besten wir machen im Hafen für Sportboote fest, der liegt geschützt in unmittelbarer Zentrumsnähe«, meinte Pia.

»Das ist doch viel zu auffällig, die nehmen unser Boot auseinander, sobald wir das verlassen«, gab ich zu bedenken.

»Wenn überhaupt noch jemand am Leben ist.«

»Vielleicht ist es besser, das Schiff irgendwo versteckt zu halten«, erwiderte Michael.

Das klang einleuchtend, allerdings wollten wir erst einmal näher Richtung Downtown ans Ende des Küstenarmes segeln, um die Lage zu sondieren. Was wir bisher sahen, überstieg all unsere Vorstellungen, denn Sydney war eine einzige Ruinenlandschaft. Auf der Insel dachte ich manchmal, dass vielleicht alles nur ein böser Traum war, aber mit diesem Anblick war mein Traum ausgeträumt. Das war die bittere Realität. Als ich in die Gesichter der anderen schaute, merkte ich die gleiche Ernüchterung.

Resigniert stellte ich fest: »Auf die Stadt muss direkt eine Atombombe abgeworfen worden sein, ansonsten würde es hier nicht so ausschauen.«

»Das haben die uns ja damals schon in Brisbane erzählt, allerdings war es zu diesem Zeitpunkt nicht mehr als ein Gerücht.«

Pia begann nach diesen Worten leicht zu schluchzen. Auf einmal krachte es am Bootsrumpf. Als ich nach hinten schaute, sah ich, dass wir ein Trümmerteil gerammt hatten. Wir verlangsamten unsere Fahrt und schauten nach weiteren Teilen, die immer zahlreicher wurden, je weiter wir uns dem Land näherten. Plötzlich machten wir dabei eine grausige Entdeckung. Eine halbverweste Leiche trieb unter den Trümmern. Gott sei Dank mit dem Gesicht nach unten, aber trotzdem ekelig, da sie von den Fischen schon stark angefressen war. Bei genauerem Hinsehen konnte man weitere Leichenteile ausfindig machen, die als solche aber ebenfalls schwer zu erkennen waren.

»Wären wir nur auf unserer schönen Insel geblieben«, dachte ich mir insgeheim.

Was sollte uns hier noch groß erwarten? Ich teilte meine Sorgen den anderen mit.

»Wollen wir es zumindest nicht einmal versuchen, anzulanden? Die Überlebenden wissen jetzt bestimmt mehr, was genau passiert ist. Es gibt vielleicht auch noch schöne, bewohnbare Gebiete. Australien besteht ja hauptsächlich aus Natur«, meinte Michael.

Klar mussten wir es versuchen, wir wollten ja alle Genaueres erfahren und Gewissheit über das Schicksal der Menschheit erlangen, zudem mussten wir zumindest unseren Proviant aufstocken. Also nahmen wir weiter Kurs Richtung Hafen und schauten von nun an nur nach größeren Trümmerteilen, um uns weitere abscheuliche Anblicke weitestgehend zu ersparen.

An der Hafenmole machten wir jetzt auch eine Bewegung aus. Und tatsächlich, nach genauerem Hinschauen erkannten wir eine größere Menschenansammlung. Zum ersten Mal sahen wir wieder andere Menschen.

»Wie sollen wir reagieren?«, fragte ich nervös meine Crew.

»Wir winken ihnen zu, so dass sie sehen, dass wir ihnen freundlich gesinnt sind«, meinte Sophia.

Das schien die im Augenblick geschickteste Taktik zu sein und wir begannen alle vier zu winken und der immer größer werdenden Menschenmenge freundlich zuzurufen. Allerdings erwiderte keiner unser Winken. Jetzt kamen aus allen Winkeln Menschen herbeigeströmt und schauten in Richtung Boot. Sie schienen seltsam hektisch und unruhig. Auch bei uns machte sich Unruhe breit, der erste Kontakt schien anders zu verlaufen, als wir uns das vorgestellt hatten.

»Was machen wir jetzt?«, fragte wieder ich, »wenn sie uns angreifen, ist es für uns vorbei, wir haben keine Chance.«

»Langsam weiter in die Richtung segeln, bis wir die Leute genauer betrachten können, vielleicht ist es für sie so ungewohnt ein fremdes Schiff zu sehen, dass sie sich so komisch verhalten«, ordnete Michael schon fast befehlsförmig an, »gerät die Situation außer Kontrolle, können wir immer noch schnell wenden.«

Also segelten wir weiter langsam auf die Menschentraube zu. Es waren bestimmt weit über hundert. Je mehr wir sahen, desto unheimlicher wurde die Situation. Jetzt konnte man langsam einzelne Personen erkennen. Alle hatten nur noch Lumpen an und sahen total ausgezehrt und krank aus, kurzgesagt wie Zombies. Sie starrten uns an und die meisten versuchten ganz nah am Steg zu stehen, keine Ahnung warum.

Wir riefen zu ihnen, natürlich auf Englisch: »Hallo wir kommen von einer Insel und wollen wissen, was genau passiert ist.«

Keine Antwort! Warum verhielten sich diese Idioten so? Hatten sie Angst oder wollten sie uns nur niedermetzeln. Jetzt waren es nur noch zwanzig Meter. Das waren keine zivilisierten Menschen mehr, sondern nur Kreaturen, und so verhielten sie sich auch. Immer mehr Leute, die von hinten herbeiströmten, drückten so stark nach vorne, dass auf einmal die Ersten ins Wasser fielen. Aber anstatt zurückzuschwimmen, paddelten sie sofort in Richtung Boot. Nun war es uns allen klar. Die würden uns sofort ausplündern, alles andere war ihnen egal.

Michael und ich riefen fast gleichzeitig: »Umdrehen.«

Sofort machten wir ein Wendemanöver und fuhren wieder Richtung offenes Meer. Als dies von den anderen registriert wurde, sprangen auf einmal Unzählige von ihnen ins Wasser und schwammen auf uns zu. Manche gingen fast unter, andere kamen schneller voran. Wildes Geschrei machte sich unter ihnen breit. Einige hatten schon fast die Bordwand erreicht und versuchten sich daran hochzuziehen, was ihnen aber nicht gelang, da diese viel zu hoch und glatt ist. Wenn man den Bordsteg hochklappte, was bei uns natürlich der Fall war, hatte man keine Chance auf ein Segelboot zu klettern, was aber unsere schwimmenden Zombies anscheinend nicht begriffen. Schnell gewannen wir an Fahrt und ließen unser freundliches Empfangskomitee hinter uns.

Nachdem wir uns von diesem Anblick, einmal von der Stadt, hauptsächlich aber von ihren dahinvegetierenden Einwohnern, erholt hatten, mussten wir uns von Neuem beratschlagen. Wir konnten das Gesehene kaum verarbeiten. Das war ja schlimmer als die Zerstörung der deutschen Städte im zweiten Weltkrieg, denn dort waren die Menschen noch in einem weitestgehend normalen

Zustand, zumindest halbwegs. Aber was wir gesehen hatten, war das Ende jeglicher Zivilisation, vielleicht sogar das Ende der Menschheit. Wenn es auf der ganzen Welt so aussah und die Strahlenbelastung überall so hoch war, denn dann würden ja auch keine normalen Kinder mehr zur Welt kommen. Sophia war aber weiterhin der Meinung, dass es bewohnbare Gebiete geben müsse, in denen einige Menschen ein einigermaßen normales, wenn auch abgeschiedenes Leben führen würden.

»Das klingt logisch, wir haben ja auch auf einer Insel überlebt«, meinte Pia.

Wir mussten wieder unsere Lage gründlich überdenken und kamen zu dem Entschluss, dass wir erst einmal in einem entlegenen Gebiet, von denen es an der Küste Australiens viele gab, vor Anker gingen, und ganz vorsichtig versuchten, mit vereinzelten Personen von Land aus Kontakt aufzunehmen. Dann könnten wir uns ein Urteil bilden und entweder mit neuem Proviant, sofern wir überhaupt was Genießbares finden würden, weitersegeln oder uns ein neues Zuhause suchen.

Also segelten wir, nachdem wir wieder etwas Mut geschöpft hatten, Richtung Norden an Newcastle vorbei, wenn es noch existierte, und gingen in einer Bucht, die völlig menschenleer schien, vor Anker. Wir stellten immer eine Nachtwache auf und ruhten uns ausgiebig aus. Die Enttäuschung über den misslungenen Kontakt war immer noch allen ins Gesicht geschrieben, aber nachdem wir uns wieder in der Natur befanden, sahen wir der Zukunft wieder etwas zuversichtlicher entgegen.

»Die Frage ist auch, wie lange wir uns in der Nähe von Sydney aufhalten sollten, es ist ja alles verseucht«, gab Pia zu bedenken.

Das stimmte.

»Nur um Kontakt aufzunehmen, dann sollten wir entweder viel weiter von den großen Städten weg oder wieder ganz verschwinden. Was sagt ihr dazu?«, fragte ich in die Runde.

»Ich finde, wir sollten so hundert Kilometer von Sydney wegsegeln und dort einen Ankerplatz suchen, dann können wir auch ein paar Wochen bleiben ohne uns Gedanken über unsere Gesundheit zu machen.«

Das war ein guter Vorschlag von Sophia. Also segelten wir nochmals fünfzig Kilometer die Küste entlang und suchten nach einem geschützten Ankerplatz, der unmöglich von Land aus entdeckt werden konnte, denn wenn unser Boot weg war, dann wären wir auf Gedeih und Verderb den Australiern ausgeliefert, und wir hatten ja immer noch keine Ahnung, was uns erwarten würde.

Endlich sahen wir eine kleine Einbuchtung, die von dichtem Bewuchs umgeben war. Weit und breit war keine Siedlung auszumachen.

Michael ging an Land, um zu sehen, was sich hinter dem Gestrüpp befand. Nach drei Stunden tauchte er endlich wieder auf: »Der Platz ist absolut sicher, das Gestrüpp zieht sich ewig ins Landesinnere und man kommt kaum durch. Danach werden die Pflanzen spärlicher, aber es gibt keine Anzeichen von Behausungen oder sonst irgendetwas.«

Also machten wir unser Boot sicher fest, es lag total geschützt und auch vom Meer nicht sichtbar in der besagten Einbuchtung. Wir waren alle von der Sicherheit des Ankerplatzes überzeugt. Nachdem wir eine weitere Nacht auf dem Boot verbracht hatten, packten wir unseren restlichen Proviant und für jeden zehn Liter Trinkwasser in Rucksäcke und marschierten teils abenteuerlustig, teils aber auch ängstlich, da sich jederzeit wieder neue gefährliche Situationen ergeben könnten, los.

Der Weg nach Sydney

Das Vorankommen war nicht ganz einfach, da der Wald ziemlich dicht war, allerdings befanden wir uns nach einer halben Stunde Hindernislauf auf einmal am Ufer eines doch relativ großen Sees. Michael bemerkte, er hätte im Hinterkopf, dass die nördliche Umgebung von Sydney aus vielen Seen und einem Fluss mitten in einem Nationalpark, dem Hawkesbury, bestand. Auf dem war er sogar schon einmal gepaddelt, als er einen Tagesausflug von Sydney aus machte. Die Küste würde in Richtung der Stadt dann hauptsächlich von Stränden geprägt sein. Wir wollten aber erst einmal im Landesinneren nach Sydney gehen um einen Eindruck zu bekommen, ob außerhalb der Städte das Leben noch etwas normaler vonstatten ging. Also wanderten wir am Ufer entlang Richtung Süden. Die Landschaft sah aus, als wäre hier nie etwas passiert, so friedlich lag der See mit dem Wald da. Der Himmel war strahlend blau, und wir gönnten uns erst einmal ein Bad in dem klaren, frischen Süßwasser. Gestärkt gingen wir weiter und bald erreichten wir das Ende des Sees. Der Wald wurde danach etwas lichter und wir kamen schnell voran, als ich plötzlich eine kleine Siedlung ausmachte. Unser Puls beschleunigte sich schlagartig, denn was würden wir dort finden? Vorsichtig pirschten wir uns heran, aber wir stellten fest, dass alle Häuser seit Längerem verlassen waren. Wir gingen in einige hinein und ich fing sofort zu schnuppern an, denn der süßliche Duft, den ich auf dem Tanker wahrgenommen hatte, wäre ein Alarmzeichen, sofort wieder das Gebäude zu verlassen. Aber ich roch nichts dergleichen. Auch war kein Anzeichen von einem menschlichen Lebewesen zu finden, so stöberten wir in den einzelnen Zimmern etwas herum. Die Bewohner schienen das Haus nicht überstürzt verlassen zu haben, denn es schien einigermaßen aufgeräumt, Wertsachen oder irgendwelche Ausweise waren nicht zu finden. Es standen auch keine Autos in den Einfahrten.

»Vielleicht suchten sie in Sydney oder sonst irgendwo Schutz«, meinte Pia.

»Aber hier wäre es doch noch viel sicherer als in Sydney, nach dem was wir bei unserer Ankunft gesehen hatten«, überlegte Sophia.

Mir kam dazu ein Gedanke: »Es könnte sein, dass unmittelbar nach der Katastrophe keiner richtig Bescheid wusste, und die Bewohner sich in die nächstgrößere Stadt aufmachten, um Informationen einzuholen, allerdings dann aus irgendwelchen Gründen nicht mehr zurückkehren konnten.«

»weil sie massakriert wurden«, ergänzte Michael.

Unser Rumstöbern nahm anscheinend ziemlich viel Zeit in Anspruch, denn es dämmerte bereits, und da natürlich keine Elektrizität vorhanden war und wir mit unseren Taschenlampen sparsam umgehen wollten, beschlossen wir, in einem der Häuser unser Nachtlager aufzuschlagen. Wir fanden tatsächlich im Vorratsschrank ein paar Konserven und eine Flasche Rum, die wir nach dem ekligen kalten Dosengulasch noch begierig runterkippten, zum einen um uns Mut für die nächsten Tage anzutrinken, zum anderen damit das Hirn endlich eine Pause von den ständig sich im Kreis bewegenden Gedanken machen konnte. Wir rollten die Schlafsäcke mit den Isomatten auf dem Boden aus und machten es uns gemütlich. Als alles um uns herum rabenschwarz wurde, war es irgendwie ganz schön unheimlich, denn das war was anders als unsere geschützte Insel. Wer wusste, was uns hier erwarten würde, aber der Rum hatte uns immerhin so betäubt, dass wir bald in einen schönen, weil traumlosen, Schlaf fielen.

Als wir am nächsten Tag relativ spät aufwachten, fiel uns die seltsame Stille auf, die uns umgab. Kein Vogelgezwitscher oder Meeresrauschen, wie wir es von unser Insel gewöhnt waren. Wir packten rasch alles in die Rucksäcke, füllten sie noch mit Konserven und den restlichen Schnapsvorräten auf und machten uns auf den Weg, denn wir hatten keine Ahnung wie hoch die Strahlenbelastung hier schon war. Jeder Tag länger wäre somit ein unnützes Risiko für uns. Unterwegs kamen wir wieder an kleineren und größeren Seen vorbei, später auch an zwei Siedlungen, die ebenfalls menschenleer waren, allerdings waren hier die Häuser richtiggehend geplündert, denn alles war zerstört, zudem fand man nichts Brauchbares mehr.

Doch dann geschah etwas Unerwartetes: An einem größeren See sahen wir einen Mann mit einer Angel. Wir machten uns vorsichtig mit einem gebührenden Abstand bemerkbar, und das war auch gut so, denn sobald er uns sah, zog er einen Revolver und zielte auf uns. Wir hoben die Hände und hofften, dass er nicht abdrücken würde. Michael schaltete als Erster und erklärte sofort in seinem besten Englisch, dass wir von einer Insel hierher gesegelt wären und nichts Böses wollten. Lange betrachtete der Mann uns misstrauisch, doch schließlich senkte er endlich den Revolver und winkte uns her. Ich schätzte ihn um die fünfzig, allerdings sah er so verwildert aus, dass er auch jünger hätte sein können. Er hatte einen langen Bart, völlig zerzauste Haare, und die Kleider hingen in Fetzen herab. Er strahlte aber eine seltsame Ruhe aus, seine Stimme war tief und gleichförmig. Wir setzten uns alle ans Ufer, und Michael bat ihn, uns alles zu erzählen, was er wusste. Der Mann, der sich mit George vorstellte, schien von dieser Bitte nicht gerade begeistert und überlegte erst einmal eine Weile. Seine Miene verfinsterte sich dabei wieder und alles was wir hörten, waren die zahlreichen Fische, die in dem großen, mit Wasser gefüllten, Eimer um ihr Leben zappelten.

Als wir allerdings eine Rumflasche auspackten und sie reihum kreisen ließen, wurde George langsam gesprächig. Er hatte zwar ein ziemliches Kauderwelsch-Englisch und man musste wahnsinnig genau hinhören um etwas zu verstehen, aber er sprach so langsam, dass seine Geschichte, unterbrochen durch etliche Nachfragen unsererseits, doch Konturen annahm. Die Ursache, wie es zum Kriegsausbruch kam, deckte sich im Wesentlichen mit den Informationen, welche Pia, Sophia und Michael in Sydney bekommen hatten. Er wusste deswegen so genau Bescheid, da George ein Amateurfunker war und einen solarbetriebenen Kurzwellenempfänger hatte. So konnte er weltweit Kontakt zu den verbliebenen Amateurfunkern auf den anderen Kontinenten aufnehmen. Er hatte sorgfältig alle Funkkontakte aufgelistet und ging sie mit uns der Reihe nach durch. In Nordamerika hatte er sich nur mit einem Mann in den Northwest Territories, also ganz im Norden Kanadas, unterhalten, der wiederum von Flüchtenden aus dem Süden Kanadas mitbekommen hatte, dass die USA völlig zerstört und verstrahlt waren, sozusagen unbewohnbar und es hier auch keine Überlebenden geben sollte. In Südamerika konnte er einige Indios in den Anden erreichen, die aber weiter keine Informationen hatten. In Europa - wir wurden schlagartig alle hellhörig - erzählte er weiter, konnte er ein Boot anfunken, und hatte einmal eine Verbindung zu Sardinien, dies konnte er aber nicht mit Sicherheit sagen, weil die Verbindung ziemlich schlecht war. Die französische Crew des Motorbootes, die gut Englisch sprechen konnte, hatte von allen Funkkontakten die ausführlichsten Informationen. Sie teilten ihm mit, dass leider, ähnlich wie in den USA, auf Europa zahlreiche Atombomben niedergingen, und die wenigen Überlebenden entweder an der Strahlenbelastung zu Grunde gingen oder sich selber umbrachten, um an die letzten verbleibenden Nahrungsmittel zu kommen. Allerdings wäre ja alles Essbare und das Trinkwasser hoffnungslos verseucht. Einigen gelang es aber, wie ihnen selbst, den Kontinent mit Booten zu verlassen. Die meisten fuhren Richtung Afrika, da Gerüchten zufolge hier am wenigsten zerstört wurde, was eigentlich auch logisch klang, da zumindest das mittlere Afrika weltpolitisch ziemlich unbedeutend ist.

Wir waren nach diesen Worten sehr niedergeschlagen, aber wussten wir nicht schon vorher die bittere Wahrheit. Eigentlich wollten wir die Tatsachen nur noch einmal bestätigt wissen, um uns endlich mit unserem Schicksal abfinden zu können. George fuhr fort, dass wahrscheinlich auch gerade Russland, China und Indien, darüber hinaus die meisten übrigen asiatischen Staaten im Prinzip nicht mehr existierten, von diesem Kontinent ging ja im Prinzip der Konflikt aus. Hier berichtete er von Funkverbindungen aus der Mongolei und der Himalayaregion. Diese Amateurfunker besaßen aber keinen weiteren Kontakt zu anderen asiatischen Staaten. Die meisten Verbindungen hatte George aus der Sahelzone, nördlich der Sahara, notiert, was unsere Vermutungen bestätigte, dass diese Region am wenigsten in Mitleidenschaft gezogen worden war. Wer wohnte schon gerne in der von Dürrekatastrophen heimgesuchten Sahelregion. Als er mit seinen Ausführungen am Ende war, saßen wir schweigsam am Ufer und starrten auf die spiegelglatte Wasseroberfläche. Die Welt war also zerstört, unsere Familien und Freunde mit höchster Wahrscheinlichkeit ausgelöscht, und wenn nicht, würden wir sie nie mehr finden können, so viel war klar.

»Was ist mit Australien?«, kurbelte ich das Gespräch wieder an.

George war bisher nicht in Sydney, da ihn die halb toten Gestalten, welche sich immer wieder vereinzelt oder in kleineren Gruppen wie irre durch die Landschaft schleppten, von diesem Besuch abgehalten hatten. Entweder sie starben während ihres ziellosen Umherirrens oder sie plünderten die Häuser und brachten zum Teil auch deren Bewohner um, falls diese nicht vorher woanders hin geflüchtet waren.

»Da kann man sich vorstellen, denke ich, dass man in Sydney nicht mehr viel erwarten kann,« gab George abschließend sein Statement ab.

Das erklärte die geplünderten Häuser, je näher wir an Sydney rankamen. Allerdings gab es auch ein paar unversehrte in der Nähe unseres Bootes.

Pia dachte laut nach: »Wo sind dann die Bewohner der leerstehenden Häuser hin?«

George vermutete, dass sie sich weiter ins Landesinnere zurückgezogen hatten. Allerdings würden sie es dort sehr schwer haben, sich Nahrungsmittel und Wasser zu beschaffen, da das Gebiet zunehmend trockener wurde.

Unvermittelt stand er auf und führte uns zu seiner Behausung. Eindringlich warnte er uns auf dem Weg dorthin sehr vorsichtig mit irgendwelchen herumstreunenden Menschen zu sein, denn die meisten waren unberechenbar. Am besten sei es, wenn man jede Begegnung vermied. So gingen wir auch ziemlich leise einen kleinen Pfad entlang, der geradewegs vom See weg durch dichtes Gestrüpp zu seinem Holzhäuschen führte.

»Das habe ich mir vor vielen Jahren als Wochenendhäuschen zum Angeln selber gebaut. Ohne Familie hat man dafür genug Zeit.«

Das Haus lag wirklich sehr gut versteckt und man sah es erst dann, wenn man unmittelbar davor stand.

»Und das ist auch gut so, denn wenn ich einmal entdeckt werde, ist es aus, die zerlegen mir alles und ich muss, wie die anderen Siedler auch, die Flucht ins Ungewisse antreten, und das darf keinesfalls passieren«, schärfte er uns nochmals ein, »denn hier bleibe ich bis zum Ende meiner Tage.«

Zu Gast bei George

Bei George war es richtig gemütlich. Hier konnten wir endlich zur Ruhe kommen und unbeschwerte Tage genießen. Wir richteten unser Nachtlager auf der großen Terrasse der Holzhütte her. George wurde uns gegenüber zunehmend aufgeschlossen, ja er schien sich über die Abwechslung, die ihm unser Besuch bescherte, richtig zu freuen. In seiner Anwesenheit versuchten wir ausschließlich Englisch zu sprechen, was oftmals unsere Konversation untereinander etwas schleppend machte. Häufig waren wir aber auch alleine, da George mit seiner alten Flinte Kängurus jagen wollte und das machte er anscheinend am liebsten auf eigene Faust. Diese Beutezüge dauerten manchmal den ganzen Tag, während wir für uns waren und uns entweder am See sonnten, angelten oder badeten. Wir hatten sogar ein altes Ruderboot, mit dem wir auf dem See fahren konnten, denn vom Boot aus hatte man bessere Chancen auf einen frischen Fang. Rund um den See und in der näheren Umgebung des Waldes waren keine Siedlungen. Wir hatten aber auch im Augenblick keinen größeren Drang, die weitere Umgebung zu erkunden und von anderen Menschen überrascht zu werden. Zudem hatten wir Angst, auf diese Weise Georges Wohnort zu verraten.

Wir saßen gerade auf der Terrasse, als George mit einem bestimmt halben Zentner schweren Känguru antrabte. Wir umringten ihn und nahmen dem völlig durchschwitzten Einsiedler den Fang ab.

»Ich bin völlig fertig, habe das Ding bestimmt zehn Kilometer durch den Busch geschleppt.«

»Wie schmeckt denn so ein Viech?«, fragte Sophia ihn skeptisch.

»Das werdet ihr heute Abend erfahren, los wir zerlegen das Tier und braten uns die besten Stücke«, gab George zur Antwort.

Da die Hütte nicht an das Stromnetz angeschlossen war, funktionierte bei ihm alles mit Solarenergie und Windkraft. Er hatte ein kleines Rad vor dem Haus und zwei Platten auf dem Dach. Meistens war entweder Wind oder Sonne vorhanden, so dass mal mehr, mal weniger hell die Glühbirnen leuchteten und der Kühlschrank zumindest ein paar Tage das Fleisch kühlen konnte. George zerlegte mit seinem Crocodile Dundee Messer geschickt das Känguru. Wir schmissen den großen, gemauerten Grill an, bis sich eine ausreichende Glut angesammelt hatte. Dann legten wir die gewürzten Fleischstücke drauf und warteten gespannt auf unser Festmahl, denn das musste dem Geruch nach eines werden. Mir lief schon das Wasser im Mund zusammen. Es begann langsam zu dämmern und wir zündeten mehrere Petroliumlampen auf der Terrasse an, setzten uns auf die Paneelen, Stühle waren leider nicht ausreichend vorhanden und breiteten die durchgebratenen Stücke vor uns aus. Dazu gab es selbst angebaute Kartoffeln und Rum für alle. Wir schlangen gierig die Unmengen Fleisch in uns hinein, denn es war schon ziemlich lange her, seit wir das letzte Mal in den Genuss eines frischen Gürteltieres gekommen waren. Das wurde noch ein lustiger Abend, nicht zuletzt wegen des Rums, von dem an diesem Abend sogar mehr als eine Flasche vernichtet wurde. An das Zeug konnte man sich verflixt schnell gewöhnen. George holte ein Didgeridoo hervor und blies ganz in typischer Aborigine-Manier in den ausgehöhlten Termitenstamm. Das hörte sich total cool an und ich dachte doch tatsächlich eine kurze Zeit, ich würde mit einer kleinen Reisegruppe in Australien Urlaub machen. Als George das Teil an uns weitergab, klang es allerdings ganz anders. Immer, wenn ein anderer von uns sein Glück versuchte, brachen wir vor Lachen zusammen. Das hörte sich dann oft wie eine rülpsende Kuh oder ein langgezogener Furz an, je nachdem wer reinblies. Mit der Zeit wurde es zwar etwas besser, wenn man das Vibrieren der Lippen richtig hinbekam, aber kein Vergleich zu unserem Aussie Star. Später erfuhren wir, dass George nie verheiratet war, und immer wechselnde Beziehungen pflegte. Die letzte war allerdings schon eine Weile her. Aus einer Beziehung hatte er auch einen Sohn, der oben in Cairns wohnte, mit dem der Kontakt aber in den letzten Jahren immer weniger wurde. Ihn jetzt zu suchen, wäre ein hoffnungsloses Unterfangen.

So gingen die Tage dahin, und wir waren jetzt schon bald ein Monat bei ihm. Wie lange sollten wir noch bleiben? Was werden wir danach machen? Die Fragen waren für uns unangenehm, denn ein Aufbruch bedeutete wieder die Konfrontation mit dem Ungewissen und dem Gefährlichen, außerdem war es bei George wirklich gemütlich, und es schien nicht den Anschein zu haben, dass er uns loswerden wollte. Vielleicht rechnete er sogar damit, dass wir für immer blieben, aber würde das für uns die Erfüllung sein?

Unsere Pläne sollten aber bald von einem anderen Ereignis durchkreuzt werden: An einem sonnigen, besonders heißen Tag erfuhren wir von Sophia eine mehr oder weniger freudige Überraschung, die für mich irgendwie überhaupt nicht zu den jetzigen Lebensumständen passte: Sophia war schwanger! Michael hatte es natürlich schon vorher gewusst und Pia schien es geahnt zu haben. Der natürliche Instinkt der Frauen. Wir erzählten George erst einmal nichts, denn es gab für uns genug Fragen, was wir jetzt unternehmen mussten, wie zum Beispiel, wo das Kind am besten zur Welt kommen sollte. Auf medizinische Unterstützung konnte man nicht zählen, oder sollten wir in Sydney versuchen eine Hebamme zu finden, oder gab es sogar noch ein Krankenhaus, wenn bei der Geburt Komplikationen auftreten würden? Oder sollte man es sogar riskieren, ohne fremde Hilfe das Kind zur Welt zu bringen, da die Stadt für uns natürlich wiederum unberechenbare Gefahren bereithielt? Schwierig, schwierig. Pia hatte als Verhütungsmittel eine Spirale, so dass wenigstens bei uns so ein Unglück - ich sehe es zumindest bei diesen Lebensbedingungen so - nicht vorkommen konnte. Allerdings muss sich Pia dieses Ding auch irgendwann von einem Arzt entfernen lassen, da es nach einigen Jahren zu gefährlichen Infektionen kommen kann. Sophia schätzte, dass sie ungefähr in der achten Woche war, also hatten wir genügend Zeit, einen geeigneten Plan zu entwickeln. Wer weiß, vielleicht ging das Kind auch vorher ab, denn Sophia war einer sehr hohen Strahlenbelastung ausgesetzt. Zu diesen Befürchtungen hielt ich aber natürlich gegenüber den anderen meine Klappe.

In den nächsten Tagen wies uns George in die Kunst des Amateurfunkens ein und ich war gleich begeistert dabei. Michael und Sophia begannen auch sich etwas abzusondern. Wahrscheinlich wälzten sie alle möglichen Zukunftspläne. Pia schien irgendwie eine komische Phase durchzumachen, denn sie saß gerne alleine am See und starrte gedankenverloren auf das Wasser. Zwar beteuerte sie mir, dass alles in Ordnung sei und sie bloß mal etwas Zeit für sich brauche, aber ich fand es trotzdem etwas komisch, musste aber ihre Entscheidung akzeptieren. So saß ich mit George, und wenn dieser jagen war, auch alleine von früh bis spät vor dem Funkgerät und versuchte irgendwelche Kontakte herzustellen. Nachdem es uns einmal gelungen war, uns mit einem Mongolen zu unterhalten, wurde es wie eine Sucht, weitere Verbindungen herzustellen, um irgendwelche Neuigkeiten zu erfahren. Vielleicht gab es doch noch ein kleines unversehrtes Stückchen Erde? War denn wirklich so gut wie die ganze Welt hinüber? Gab es eine neue Entwicklung, einen neuen Hoffnungsschimmer? Das Funkgerät wurde zu meinem Strohhalm, aus dem ich die Hoffnung heraussaugte, die mich am Leben erhielt. Nach mehreren Tagen hatte ich gleich zwei Verbindungen. Beide in Alaska. Es waren Ölarbeiter, die auch keine Ahnung hatten, ob irgendwo noch ein Leben möglich war. Der eine schien auch ziemlich krank zu sein, denn er teilte mir mit, dass er vor Schmerzen kaum mehr laufen könne. Der andere führte ein ähnliches Einsiedlerleben wie unser Aussie. Ich hing praktisch Tag und Nacht vor dem Funkgerät, aber in den folgenden Tagen kam leider kein Kontakt mehr zu Stande. Eines Tages hatte ich schlagartig die Schnauze voll, zudem waren die anderen auch ziemlich genervt, dass ich mich überhaupt nicht mehr am sozialen Miteinander beteiligte. Pia schien wieder besser drauf zu sein, und auch Sophia und Michael waren gelöster. Vielleicht hatten sie für sich einen Beschluss gefasst, auf jeden Fall teilten sie uns mit, dass sie erst einmal den Verlauf der Schwangerschaft abwarten wollten. Nun wurde George ins Vertrauen gezogen, der aber auf diese Neuigkeit ziemlich wortkarg reagierte.

Erneuter Aufbruch

Wir verbrachten weitere schöne Wochen bei unserem Gastgeber und hatten allmählich das Gefühl, in so einer Art Kommune zu leben. Wir angelten, sonnten uns, machten Spaziergänge und bereiteten das gejagte Fleisch von George zu. Allerdings ging es Sophia in der letzten Woche immer schlechter. Ihr wurde oft übel und sie musste sich übergeben, zudem klagte sie über häufige Bauchkrämpfe. Wir machten uns alle ziemliche Sorgen, denn was würde passieren, wenn es bei der Geburt Komplikationen geben würde. Dann wäre nicht nur das Leben des Kindes, sondern auch das der Mutter in Gefahr. Vielleicht musste das Kind auch vorher geholt werden? Wir befanden uns wieder einmal ganz unvermittelt in einer ernsten Lage. Was konnten wir am besten unternehmen, so lange es Sophia noch einigermaßen gut ging?

Unsere Ratlosigkeit wurde durch ein zusätzliches Ereignis verstärkt. George war schon den dritten Tag nicht von der Jagd zurückgekehrt. Es war erst ein einziges Mal vorgekommen, dass er eine Nacht im Busch geschlafen hatte. Am vierten Tag mussten wir davon ausgehen, dass ihm etwas zugestoßen war. Allein in der Wildnis konnte alles Mögliche passieren. Er konnte von Wilden überfallen worden sein, sich ernsthaft verletzt haben oder von einer giftigen Schlange oder Spinne gebissen worden sein, denn diese gab es rund um Sydney auch zuhauf. Auf einmal waren wir wieder zu viert und wir setzten uns zusammen, um definitiv unser weiteres Vorgehen zu beratschlagen. Mit der Idylle war es schlagartig vorbei.

Michael meinte besorgt: »Ich fände es sinnvoll, nach Sydney aufzubrechen. Es muss doch da irgendeine ärztliche Hilfe geben. Wir haben ja nur die Hafenmole gesehen. Vielleicht ist das ausgerechnet der Treffpunkt des schlimmsten Gesindels und es gibt noch Stadtteile, die einigermaßen in Takt sind, vielleicht sogar bewacht. Da werden sie bestimmt einer schwangeren Frau nicht ihre Hilfe verweigern. Solange Sophia noch ganz gut laufen kann, sollten wir es versuchen. Denn wenn das nicht mehr klappt, können wir ihr hier in keinster Weise helfen, und wir setzen nur ihr Leben aufs Spiel.«

Das leuchtete uns allen ein, Michael war immerhin ihr Freund und seine Stimme bekam damit mehr Gewicht. Sophia äußerte sich dazu zwar nicht eindeutig, aber wir sahen ihr alle an, dass sie auch gerne weg wollte, und hier nicht festsitzen, bis es eventuell zu spät war.

Am nächsten Tag packten wir flugs unsere Sachen, schrieben George noch einen Brief, dass wir weiterzogen und ihn vielleicht noch mal besuchen würden und brachen auf. Ich wusste, dass George neben seinem Gewehr, das er mitgenommen hatte, eine Pistole samt mehreren Patronen in seinem Haus aufbewahrte. Ich ließ diese in meine Tasche verschwinden, ohne den anderen etwas zu sagen. Dieses Ding gab mir gleich ein unglaubliches Gefühl der Sicherheit. Warum ich den anderen meine Aktion verschwieg, konnte ich gar nicht genau sagen, vielleicht um sie nicht noch mehr zu beunruhigen. Wir liefen sehr langsam, damit sich Sophia nicht überanstrengte. Schon bald richteten wir unser Nachtlager in einer verfallenen Hütte ein, die verlassen in einem Wald stand. So fühlten wir uns sicherer. Früh am nächsten Tag liefen wir wieder los, und Sophia fühlte sich einigermaßen gut. Sie bestätigte uns, dass die Entscheidung richtig war, denn jetzt war sie insgesamt ruhiger, da sie wusste, dass ihr vielleicht geholfen werden konnte. Am vierten Tag kamen wir zu einer ausgedehnten Flusslandschaft. Hier wussten wir, dass es nun in die Stadt nicht mehr weit sein konnte. Wir erholten uns am Ufer eines schönen Flussarmes zwei Tage, um Kraft für die bevorstehenden Ereignisse zu schöpfen. Bisher waren wir noch keiner Menschenseele begegnet, wir mieden aber auch die Siedlungen, um keine unnötigen Gefahren auf uns zu ziehen. Endlich wurde es ernst. Nach einem Tagesmarsch vom Fluss aus sahen wir die ersten großen Vororte von Sydney. Wir näherten uns von Norden. Unsere Spannung wuchs ins Unermessliche, als wir die ersten Straßen passierten. Erstmal sahen wir kein menschliches Leben. Hier musste ein ziemliches Feuer gewütet haben, da die Häuser größtenteils bis auf die Grundmauern abgebrannt waren. Dazwischen waren wieder einige Straßenzüge in Takt, trotzdem entdeckten wir keine Bewohner. Allerdings waren die unversehrten Häuser auch alle ziemlich verwüstet und geplündert. Langsam wurde es dämmrig, und wir beschlossen noch eine Nacht in dem unbewohnten Vorort zu verbringen, um dann morgens ins Zentrum vorzustoßen. Denn wenn wir von der Dunkelheit überrascht werden sollten, war es viel zu gefährlich.

Früh am nächsten Morgen machten wir uns erneut auf den Weg. In der Nacht hörten wir einzelne Schreie und einmal einen lauten Knall, so als ob etwas zerbersten würde. Wir versuchten unsere Angst so weit wie möglich zu unterdrücken, während wir uns zwischen den leeren Häuserzeilen in Richtung Zentrum vortasteten, immer auf der Hut, irgendwelchen unerwarteten Gefahren zu begegnen. Als ich in die ängstlichen Gesichter meiner Begleiter schaute, holte ich meinen Revolver raus, ich glaube, es war eine Magnum, und zeigte sie ihnen stumm. Die anderen starrten wie gebannt darauf, Michael nickte mir zu, wie zum Zeichen, dass dies eine weise Entscheidung war, dieses Ding mitzunehmen. Wir setzten unseren eigentlich ziellosen Weg fort, allerdings schienen die anderen drei etwas mehr erleichtert. Sophia hatte beim Laufen immer größere Beschwerden, so krochen wir wie Schildkröten. Sie teilte uns mit, dass nach ihrer Berechnung schon in vier bis acht Wochen der Geburtstermin sein müsste. Ob man sich allerdings üblicherweise zu diesem Zeitpunkt der Schwangerschaft so elend fühle, konnte sie natürlich auch nicht sagen.

Als wir um eine Ecke bogen, standen uns plötzlich zwei Männer und eine Frau gegenüber. Sie sahen nicht ganz so zerlumpt wie die abgerissenen Gestalten am Hafen aus. Ein kurzer Blick zu meinen Weggefährten sagte mir, dass wir unser Glück gleich bei diesen Dreien versuchen und sie nach einer Auskunft fragen sollten. Sie schienen so mittleren Alters, wiesen keine Anzeichen einer Strahlenkrankheit auf und hatten auch nicht so verhärmte Gesichtszüge.

Michael wagte es, und fragte sie in einem freundlichen, klaren Englisch: »Hi, wir brauchen ärztliche Hilfe, wisst ihr ob es in der Stadt noch einen Doktor oder eine Art Klinik gibt?«

Der eine Mann lächelte und gab zur Antwort: »Wer braucht keine ärztliche Hilfe!«

Die Stimme klang nicht abweisend, aber abwartend.

»Bei uns liegt aber die Sachlage anders, meine Freundin erwartet bald ein Kind, und wir denken, es könnte bei der Geburt Komplikationen geben, es stehen also zwei Leben auf dem Spiel.«

Jetzt wanderten alle drei Augenpaare zu Sophia, sie wurde eingehend gemustert, wie um den Wahrheitsgehalt von Michaels Aussage zu überprüfen.

Nun begann die Frau zu dem einen Mann zu sprechen, der eine Brille trug und im Gegensatz zu dem anderen Mann einen ziemlich nervösen und schmächtigen Eindruck machte: »Es gibt doch den einen Arzt in der kleinen Privatklinik am Ostende der Stadt. Der behandelt doch für Kohle alles. Wäre das nicht einen Versuch wert?«

»Willst du jetzt da hinlatschen?«, antwortete auf einmal der andere Mann anstelle des Schmächtigen in einer sehr ruppigen Tonart.

»Ihr wisst doch, was wir zu tun haben. Sind wir nun die barmherzigen Samariter?«

»Was zahlt ihr denn, wenn wir euch hinführen?«, fragte der Schmächtige unvermittelt.

Aha, hier gibt es also nur Dienste nach Bezahlung, ist ja auch irgendwie klar, dachte ich mir. Wir beratschlagten uns, was wir denn weggeben konnten. Eigentlich bot sich da gar nicht so viel an. Allerdings bekamen wir schon ein Angebot von unseren barmherzigen Samaritern.

»Zeig mal deine Uhr!«, forderte der Barsche Michael auf.

Dieser zeigte bereitwillig seine Seiko.

»Das wäre doch ein fairer Preis für unseren kleinen Stadtspaziergang. So wie ihr ausseht, werdet ihr ohne unsere Hilfe früher oder später, wenn ihr weiter in der City rumirrt, eh ausgenommen, oder vielleicht passiert euch sogar noch Schlimmeres.«

Wir kamen relativ schnell zu der Einsicht, dass dies unsere einzige Chance war, und bei drei Uhren, nur Sophia hatte keine, konnten wir eine weniger leicht verschmerzen. Gott sei dank hatte ich meine unter meinem Hemd, denn diese war eine Spezialanfertigung für mein Inselabenteuer und die mit Abstand teuerste Uhr. Also trotteten wir unseren Helfern misstrauisch hinterher, weil sie uns natürlich verarschen oder sogar in eine Falle locken konnten. Wir mussten ihnen aber vertrauen, was blieb uns anderes übrig. Ich behielt die ganze Zeit meine Hand in der Nähe des Revolvers, bereit einen eventuellen Angriff einfach niederzuschießen, denn so viel wussten wir, ein Menschenleben war in dieser Zeit und auch an diesem Ort nichts wert. Die Bebauung wurde immer dichter, jetzt sahen wir immer häufiger Menschen, entweder vereinzelt oder in kleineren Gruppen, manche gingen ziellos die Straße entlang, andere schienen schnurstracks ein bestimmtes Ziel anzusteuern. Manche befanden sich in einem erbärmlichen Zustand, anderen schien es relativ gut zu gehen. Einige nahmen überhaupt keine Notiz von uns, andere starrten uns feindselig an, so als ob sie uns gleich angreifen würden. Allerdings schienen unsere Führer bei vielen relativ bekannt zu sein, da mehrere Vorübergehende ihnen unmerklich zunickten. Irgendwie schienen die Leute Respekt vor ihnen zu haben. Ich entdeckte jetzt auch, dass einige Häuser bewohnt waren. Hinter den größtenteils zertrümmerten Fenstern sah man geisterhafte Gestalten auftauchen. Mein Gott, man konnte meinen, man wäre direkt in einem Zombiefilm. Alle glotzten uns nur aus ihren toten, erloschen Augen an. Aus den Menschen war mit einem mal der Hauch des Lebens verloschen.

Nach einer guten Stunde Marsch blieb plötzlich der größere Mann vor einem Hochhaus stehen: »Nicht da entlang!«

Die anderen beiden schienen sofort seine Warnung zu verstehen.

Die Frau antwortete: »Wir müssen zwei Quarter nach rechts, dann gerade aus, ich glaube der Weg ist sicher«

Natürlich fragte ich gleich, was denn so gefährlich wäre, aber die drei gingen einfach stumm weiter.

Als ich noch mal fragte, drehte sich die Brillenschlange mürrisch um: »Banden, die überfallen alles, was ihnen über den Weg läuft. Meistens zwar nur nachts, aber man kann ja nie wissen. Die wohnen dort irgendwo in den großen Hochhäusern.«

»Na dann nehme ich lieber den Umweg in Kauf«, dachte ich mir.

Wir liefen eine gefühlte Ewigkeit, durch die halbe Stadt. Sophia war schon kurz vor dem Zusammenbrechen, hielt aber tapfer durch. Wir alle wussten, dass wir vor Einbruch der Dunkelheit unser Ziel erreichen mussten, denn in dieser Gegend war kein sicheres Übernachten mehr möglich. Plötzlich drehte sich die Frau, als die Bebauungsdichte schon wieder abzunehmen begann und die Hochhäuser niedriger wurden, zu uns um.

»Hier wären wir!«

Endlich sahen wir ein relativ gut erhaltenes, alleinstehendes Haus, dass von zwei Kerlen mit - ich traute meinen Augen kaum - Maschinenpistolen bewacht wurde.

»Gut, dann fragen wir mal nach«, merkte ich an.

»Nee, ihr fragt nach, unser Auftrag ist erledigt«, bellte der Barsche uns an. Er drehte sich einfach von uns ab und stapfte davon, die anderen folgten ihm wie reumütige Hunde.

»Na dann fragen wir halt selbst«, rief ich ihnen noch trotzig hinterher.

Unsicher wegen der beiden bewaffneten Männer und ob das überhaupt die richtige Adresse war, näherten wir uns langsam dem Gebäude.

Dr. Jekyll

Mit den MGs im Anschlag wurden wir unfreundlich gefragt, was denn unser Anliegen sei. Wir erklärten möglichst ruhig, wie schlecht es um Sophia bestellt sei und wir nicht damit rechneten, dass bei der Geburt alles normal verlaufen würde. Nachdem wir unser Problem geschildert hatten, verschwand der eine Wachposten im Inneren des Hauses, während der andere uns anhielt abzuwarten. Nach einer gefühlten Ewigkeit tauchte der Verschwundene, welcher mit dem Namen Jack angesprochen wurde, wieder auf, und gab uns zu verstehen, dass der Doktor uns sprechen wollte. Als wir allerdings im Begriff waren einzutreten, wurden wir abrupt festgehalten. Sie zeigten uns mit einer abfälligen Geste, als ob wir das nicht wissen hätten sollen, dass wir unser ganzes Gepäck und unsere Taschen ausleeren und am Eingang zurücklassen sollten. Was blieb uns anderes übrig? Wir legten alles ab, natürlich kam jetzt auch die Pistole zum Vorschein. Als wäre es das Normalste der Welt, legte ich sie zu den übrigen Sachen. Allerdings entging mir nicht der aufmerksame Blick der beiden Wachposten, welche auf uns nach wie vor einen ziemlich grimmigen Eindruck machten. Gespannt betraten wir den Gang. Sofort schlug uns ein beißender Desinfektionsgeruch entgegen. In den kleinen, eher schäbig eingerichteten Zimmern konnte man in einfachen Bettgestellen die Kranken hinter den teilweise offenen Türen schemenhaft erkennen. Diese waren allerdings alle ziemlich dunkel, so dass man nur erahnen konnte, was die Verletzten ihrem Stöhnen nach für Qualen erlitten. Im hinteren Bereich gab es eine verschlossene Tür mit der Aufschrift »OP-

Raum«. Uns wurde gleich Angst und Bange. Endlich klopfte der wandelnde Gorilla namens Jack an der letzten Tür im Gang.

Eine krächzende Stimme antwortete mit »Yes.«

Also durften wir eintreten. Hinter einem schweren Schreibtisch saß eine magere, kleine Gestalt in einem verschmutzten, weißen Kittel. Die Haare waren grau und ungepflegt, sie hatte eine dicke Hornbrille auf der Nase und verströmte den selben beißenden Geruch, den wir schon zuvor im Gang wahrgenommen hatten.

»What's your problem folks?«, harschte der Doktor uns an.

Wir erzählten also nochmals unsere Befürchtungen, und wie als wolle Sophia das Ganze noch bestätigen, kippte sie mir plötzlich in die Arme. Wir legten sie auf den Boden, der blöde Arzt machte jedoch keine Anstalten zu helfen. Sophia kam Gott sei Dank wieder schnell zu sich und machte für ihren Schwächeanfall den bisher sehr anstrengenden Tag verantwortlich. Ihr schien es wieder einigermaßen gut zu gehen, also setzten wir sie in einen Stuhl und hörten, was der Doktor uns zu sagen hatte: Wir könnten in dem Gebäude nebenan übernachten, das extra für solche Notfälle gedacht sei und dementsprechend hergerichtet wurde und morgen früh würde er dann Sophia eingehender untersuchen, um dann die nächsten Behandlungsschritte bestimmen zu können. Allerdings nur für den Preis der Pistole und meiner Automatikarmbanduhr. Puh, das war klar, dass dies einen hohen Preis bei diesem unsympathischen Halsabschneider haben würde, denn das waren wirklich unsere zwei wertvollsten Gegenstände, die Pistole zudem für unsere Sicherheit außerordentlich wichtig. Natürlich war trotzdem klar, dass wir ihm die Dinge aushändigen würden, da bedurfte es nicht einmal einer kurzen Diskussion, wir hatten einfach keine andere Wahl. Ich fragte noch, ob das nachts nicht gefährlich in dem anderen Haus werden würde. Die Wachen, welche die ganze Nacht auf ihrem Posten seien, hätten den Eingang gegenüber auch im Blick, hieß es von dem Doktor, der sich uns nicht einmal vorgestellt hatte.

Also packten wir unseren Krempel wieder zusammen, die Pistole fehlte schon und die Uhr musste ich ebenfalls im Voraus abgeben. Die übrigen Dinge waren aber noch vollständig, komischerweise wurde während unserer Abwesenheit nichts geklaut. Wir betraten das Nachbarhaus, das von außen ziemlich verfallen aussah. Innen machte es leider auch keinen besseren Eindruck. Alles war gammlig, die Wände grau und modrig. In mehreren Zimmern befanden sich Betten mit einfachen Drahtgestellen, in einem Zimmer zwei kleinere Wasserfässer mit der Aufschrift »Trinkwasser«. Zwar roch das Wasser normal und war auch klar, aber ob man es wirklich trinken konnte, wollten wir erst mal lieber nicht ausprobieren. Für diese Nacht hatten wir genügend Proviant, und unsere Wasserflachen waren zur Hälfte gefüllt.

Also rollten wir unsere Isomatten und Schlafsäcke auf den Bettgestellen aus, als plötzlich Pia laut aufschrie und mit der Hand in eine Ecke zeigte: »Ih, hier gibt's Ratten!«

Tatsächlich sahen wir ein graues Etwas in einer Mauerspalte verschwinden.

»Keine Panik, wenn wir auf den Bettgestellen schlafen, wollen diese Viecher nichts von uns, die gehen nur auf die Essensreste« versuchte ich meine Freunde zu beruhigen.

170

Draußen wurde es bereits dunkel, und als wir noch schnell etwas gegessen und getrunken hatten, machten wir uns in diesem scheiß Kabuff bettfertig. Sophia klagte wieder über Bauchschmerzen und Übelkeit, meinte aber, dass sie es bis morgen schon aushalten würde. Beim Einschlafen dachte ich mir, dass eigentlich bisher unser Landausflug gut verlief, denn wir hatten alles erreicht, was wir uns vorgenommen hatten, denn unter diesen Umständen an einen Arzt zu gelangen, der Sophia behandeln wollte, war bestimmt nicht einfach.

Am nächsten Morgen machten wir uns gleich in der Früh zu Doktor Jekyll auf, so nannten wir nun unseren netten Helfer in der Not. Wir wurden sofort von den Wachen durchgewunken und zum Doktor gebracht. Der führte Sophia und Michael in den OP Raum, wo er erst einmal einen Ultraschall machen wollte, was mich überraschte, denn ich rechnete nicht damit, dass so ein hochsensibles technisches Gerät noch funktionierte, allerdings hatte das Gebäude auch seinen eigenen Strom. Pia und ich sollten auf zwei Stühlen im Gang Platz nehmen. Wir warteten eine gefühlte Ewigkeit, ich hatte ja keine Uhr mehr, aber auch die Anspannung um den Gesundheitszustand von Sophia machte sich beim Warten bemerkbar. Endlich ging die Tür zum Untersuchungszimmer auf, aber was war das? Ich blickte in zwei total verstörte, entsetzte und tränenüberströmte Gesichter. Pia und ich trauten uns gar nicht nach dem Grund zu fragen, obwohl mich schon so eine ungefähre, leise Ahnung beschlich. Michael signalisierte, dass sie sich erst mit uns in dem anderen Gebäude unterhalten wollten. Das konnte ich verstehen, erst einmal raus hier, irgendwie bedeutete dieser Ort für mich nichts Gutes, was sich später leider auf grauenvolle Weise bestätigen würde. Kaum im Zimmer angelangt, brach Sophia vollends zusammen.

Wir legten sie auf das Bett und Michael berichtete mit einer erstickten, resignierten Stimme, was die Untersuchung gezeigt hatte: »Als der Doktor mit dem Ultraschallgerät über Sophias Bauch fuhr, hatte er schon so einen mitleidigen Blick drauf, bis er uns unvermittelt mitteilte, dass der Fötus schwere Missbildungen hätte und nicht die geringste Überlebenschance, selbst nicht einmal dann, wenn er die medizinische Technik dafür hätte. Zum Beweis zeigte er mir die ganzen Deformationen. Dem Baby fehlten beide Arme, der Rücken war offen und es hatte angeblich einen schweren Herzfehler. Dass auch das Gehirn schwerwiegende Schäden hatte, davon war auszugehen. Deshalb riet er uns, eine künstliche Geburt einzuleiten, denn bis zum normalen Termin zu warten, wäre ein unkalkulierbares Risiko für die Mutter. Das Medikament zur Geburtseinleitung könnte er besorgen, allerdings müssten wir bald zu einer Entscheidung kommen, da Sophia schon ungefähr im achten Monat schwanger war.«

Pia und ich sahen betreten drein, aber wenn ich ehrlich sein sollte, habe ich schon seit Sophia uns auf der Insel mitteilte, dass sie ständig Bauchschmerzen hatte und ihr übel war, damit gerechnet, dass mit dem Fötus irgendetwas nicht in Ordnung sein könnte. Sie war unmittelbar nach der Bombenexplosion in Sydney. Die Strahlenbelastung war bestimmt zu diesem Zeitpunkt immens hoch. Da war ein Gendefekt oder eine Missbildung bei einer Schwangerschaft vorprogrammiert. Die Frage war, ob überhaupt noch gesunde Kinder in Zukunft auf die Welt kommen würden.

Ein betretenes Schweigen machte sich breit, nachdem Michael mit der bitteren Wahrheit geendet hatte, nur durch das Schluchzen von Sophia unterbrochen.

Endlich meldete sich auch sie zu Wort: »Ich denke, es ist das Beste, wir machen, was uns der Doktor empfohlen hat. Mein Kind ist nicht überlebensfähig, irgendwie habe ich das schon die ganze Zeit in meinem Bauch gespürt. Je eher es zur Welt gebracht wird, desto kleiner ist es noch und ich habe nicht irgendwo unterwegs einen plötzlichen Abgang, wo ich dann keine medizinische Unterstützung haben kann.«

Sophia nahm uns die Worte aus dem Mund, gut war jedoch, dass sie die Entscheidung gefällt hatte und somit auch dahinter stand. Am Nachmittag teilte Michael dem Doktor den Entschluss mit und erfuhr gleichzeitig, dass dieser das Wehen einleitende Mittel schon besorgt hatte. Anscheinend hatte er unsere Entscheidung bereits geahnt. Der Schwarzmarkt schien wider Erwarten auch unter solchen Umständen noch gut zu funktionieren. Sophia sollte gleich am Abend in den OP-Raum, da der Arzt ihr stündlich eine Infusion des wehenfördernden Medikaments Oxytocin geben wollte. Dabei musste er ihren Zustand ständig beobachten und falls erforderlich sofort handeln, wenn es dann so weit wäre. Wir vertrauten den Anordnungen des Arztes, was blieb uns auch anders übrig, und begleiteten Sophia in das Behandlungszimmer. Sie war sehr gefasst und schien mit der geplanten Vorgehensweise des Arztes vollkommen einverstanden zu sein. Als er aber auch Michael wieder zurückschicken wollte, weigerte er sich, er wollte natürlich bei Sophia bleiben. Es entwickelte sich sofort eine hitzige Diskussion. Der Arzt meinte, dass er unter solchen Voraussetzungen die Behandlung abbrechen würde. Sophia vermittelte und wir einigten uns darauf, dass Michael sofort geholt werden würde, sobald die heiße Phase begann. Voller Anspannung warteten wir also in unserem Rattenzimmer und versuchten Michael zu beruhigen, indem wir ihm versicherten, dass eine geplante Geburt viel weniger Risiken für die Mutter hätte. Wir warteten die halbe Nacht und schon fast bis zum Morgengrauen, unsere Anspannung steigerte sich ins Unermessliche.

Michael war mit den Nerven vollkommen am Ende: »Wann kommt denn endlich einer, der Doktor sagte doch, dass er am frühen Morgen mit der Geburt rechnete.«

Als es wirklich zu dämmern begann, wollte er los. Wir sollten ihn begleiten, denn er war wirklich nur noch ein einziges Nervenbündel. Eigentlich waren Pia und ich froh über Michaels Bitte, weil wir uns nach all den überstandenen Abenteuern wie eine Familie fühlten und um das Wohlergehen von Sophia fast genauso besorgt waren.

Als die Wachen uns auf den Eingang des sogenannten Krankenhauses zukommen sahen, verschwand sofort eine nach innen. Mich beschlich eine entsetzliche Vorahnung, dass mit Sophia irgendetwas Schlimmes passiert sein musste. Gleich darauf erschien der Doktor am Eingang mit einem ernsten Blick.

Michael schrie ihn sofort an: »Was ist passiert?«

Der Doktor entgegnete mit einer seltsamen unterkühlten Stimme, so als ob ihn das überhaupt nichts anginge: »Ihre Frau hat leider die Geburt nicht überlebt, es gab schwere Blutungen.«

Wie von Sinnen schüttelte Michael den Doc und schrie: »Warum hast du mich nicht geholt?«

»Es ging alles viel zu schnell, wir konnten sie nicht mehr retten, sie hat auch sofort das Bewusstsein verloren.«

»Warum hast du mich nicht geholt!«

Michael begann langsam die Besinnung zu verlieren, ich konnte es an seinem durchgeknallten Blick erkennen.

Nun schrie auch der Doktor: »Ich wollte sie ja gerade holen.«

»Führen sie uns sofort zu ihr«, griff ich nun in das Geschehen ein, um eine weitere Eskalation zu vermeiden.

Die Wachen standen jetzt auch drohend mit ihren MGs beim Doktor. Auf diese Forderung schien der Doktor gewartet zu haben, denn er führte uns unmittelbar in das Behandlungszimmer. Da lag sie! Leichenblass in einem weißen Gewand. Entsetzliche Stille herrschte in dem Raum. Plötzlich stürzte Michael zu dem Bett und auf Sophia. Dabei rutschte das weiße Laken, in dem Sophia eingehüllt wurde, zur Seite. Dabei bot sich uns ein Anblick, der mir auch heute noch viele Albträume bereitet:

Sophias Körper war überall aufgeschnitten und nur notdürftig wieder zusammengenäht. Wie konnte das sein? Es sollte doch nur eine Geburt eingeleitet werden.

Sofort reagierte der Doktor auf unsere entsetzten Blicke: »Wir mussten das Kind per Kaiserschnitt auf die Welt holen!«

»Wo ist das Kind?«, wollte Michael wissen.

»Entsorgt«, war die knappe Antwort.

Dem Doktor war es sichtlich unangenehm, dass der Leichnam so entblößt da lag, und er wurde zunehmend nervöser. Das war zumindest mein Eindruck. Er versuchte auch das Tuch wieder über den Körper zu ziehen, aber Michael schubste ihn sofort weg. Als ich mich zwang, nochmals genauer den toten Körper zu betrachten, stellte ich fest, dass es für einen Kaiserschnitt sehr viele Schnittstellen gab, die quer über den ganzen Torso verliefen.

Also fragte ich den Doktor: »Ist es notwendig bei einem Kaiserschnitt so rumzumetzgern?«

Dieser gab schnippisch zur Antwort: »Ich sagte schon, der Fötus lag quer, und es war nicht einfach ihn rauszubekommen. Ich musste nachschneiden, denn erst als alles draußen war, konnte ich mich um die Blutung kümmern. Leider hat sie aber während der Operation schon zu viel Blut verloren und wie sie ja alle wissen, ist das Zeitalter der modernen Medizin Geschichte.«

Vielleicht hätten wir ihm diese Story abgenommen, wenn nicht mein Blick auf eine größere Kühlbox auf dem Regal fiel. Vielleicht hätte diese auch nicht weiter mein Interesse geweckt, doch ich sah für einen Sekundenbruchteil, dass der Doktor ebenfalls in meine Richtung lugte und dabei aber einen entsetzten Gesichtsausdruck bekam. Das kam mir instinktiv verdächtig vor. Er wollte etwas vor uns verbergen. Sollte ich offen nach der Box fragen? Auf Michael und Pia konnte ich nicht zählen, die waren vollkommen am Ende. Ich musste einfach wissen, was in dieser verdammten Kiste war. Die Wachen hatten bereits den Raum wieder verlassen, also ging ich mit ein paar schnellen Schritten zur Box und wollte sie öffnen, allerdings begriff ich nicht gleich den Öffnungsmechanismus dieser Kühlbox. Als das der Doktor bemerkte, stürmte er sofort zu mir und riss mich weg. O.K., das war der richtige Riecher. Doch wollte ich natürlich jetzt sehen, was da drin war? Michael bekam nun auch mit, was vor sich ging, und kam mir zu Hilfe. Er drückte den Doktor zu Boden, was bei dieser schmächtigen Statur kein Problem war, und mir gelang es in dieser Zeit die Box zu öffnen. Sofort hatte ich das Gefühl, der Boden wird unter mir weggezogen, als ich den Inhalt erblickte. Es war nicht der Fötus, wie ich mir anfangs gedacht hatte, sondern Organe. Schaute aus wie ein Herz, eine Leber und Nieren oder sonst irgendetwas ähnliches in durchsichtigen Plastikbeuteln, schön in Eis verpackt. Auch Michael und Pia konnten einen Blick erhaschen, und ich glaubte, sie hatten es ähnlich schnell kapiert wie ich. Ein verdammter Organhändler! Hatte er Sophia vorsätzlich umgebracht oder erst nachdem es mit der Geburt misslungen war?

»Du Mörder!«, schrie Michael.

Der Doktor winselte: »Das war nachdem sie schon tot war!«

Jetzt ging alles ganz schnell. Plötzlich hatte Michael ein Skalpell in der Hand und stieß es mit voller Wucht in seine Brust. Ich empfand dabei eine tiefe Genugtuung, denn so hatten wir zumindest Sophias Tod gerächt, auch wenn wir nie mehr erfahren würden, ob das wirklich so war, wie der Doktor behauptete. Dieser begann lauthals zu schreien, was aber gleich in ein Gurgeln überging. Aus der Wunde schoss das Blut, leider rief aber das Geschrei des sterbenden Quacksalbers noch die Wachen herbei, die plötzlich ins Zimmer stürmten. Scheiße, die hatte ich gar nicht mehr auf meiner Liste. Sofort eröffneten sie das Feuer und schossen auf Michael, der am Boden über dem Arzt kniete. Er wurde mehrfach getroffen und sackte in sich zusammen. Er gab keinen Laut mehr von sich. Nun geschah noch etwas Unbegreifliches.

Die andere Wache, die nicht geschossen hatte, ich glaube es war Jack, rief uns zu:

»Verschwindet!«

Sollten wir etwa nicht erschossen werden? Wir wären völlig hilflos gegen zwei MGs gewesen. Also stürmten Pia und ich aus dem Zimmer und aus dem Haus, rafften in Windeseile unsere Sachen im Nachbarhaus zusammen, die beiden Bettenlager von Michael und Sophia blieben so liegen, als wenn sie jederzeit von den beiden nochmals benutzt werden könnten, und rannten blindlings darauf los.

Überfall und Flucht

Natürlich verliefen wir uns aufgrund unserer völligen Panik sofort in der Stadt. Wir hatten nur noch Eines im Sinn: Möglichst schnell und weit weg von dem Ort des Grauens. Als wir etliche Straßen entlang gerannt und dabei auch um zig Ecken gebogen waren, blieben wir völlig außer Atem stehen. Erst jetzt nahmen wir unsere Umgebung wahr. Wir mussten in das Stadtviertel gelangt sein, das unsere Führer damals umgangen hatten, als sie uns zu dem Horrorkrankenhaus führten. Hier war alles eine Spur runtergekommener, als es so und so schon war. Nun merkten wir auch, dass unser panisches Verhalten sofort von mehreren Gestalten beobachtet worden war. Durch unser abruptes Stehenbleiben anscheinend neugierig geworden, kam die Horde von allen Seiten auf uns zu. Alles ziemlich furchteinflößende Gestalten. Mein erster Gedanke war: Sollten wir so knapp dem Tod entronnen sein, um nur eine halbe Stunde später zu sterben? Wollte ich mich überhaupt noch verteidigen? Denn was diese entsetzlichen Gesichter ausdrückten, konnte nur eines bedeuten: Sie wollten uns ausrauben und uns dabei bestimmt nicht am Leben lassen. Ich schaute Pia fragend an, doch zu meiner Überraschung hatte sie schon ihr Messer in der Hand. Was konnte diese Frau alles aushalten? Wahnsinn! Sie wollte sich wirklich zum Verteidigen bereit machen. Also zog auch ich schnell mein Messer aus dem Rucksack, um es noch vor dem Angriff in der Hand halten zu können. Das war für die Meute ein deutliches Zeichen. Ein paar blieben unentschlossen stehen, aber vier Männer, drei davon besaßen eine Art Knüppel, einer ein Messer, gingen weiter unerschrocken auf uns zu. Vielleicht war das sogar machbar, dachte ich, denn Krankheit und Unterernährung hatten augenscheinlich an unseren Angreifern gezehrt.

Ich flüsterte zu Pia: »Wir konzentrieren uns auf die beiden Vorderen und versuchen dann möglichst schnell zu flüchten, bevor die anderen nachkommen und sich auch auf uns stürzen.«

Pia konnte nur noch kurz nicken, dann waren die ersten beiden schon bei uns. Sie sagten nicht einmal, dass sie unsere Sachen wollten, sondern griffen uns gleich an. Der mit dem Knüppel versuchte mir eins überzubraten, doch er war zäher, als ich gedacht hatte. Ich wurde in ein Handgemenge verwickelt, was ich eigentlich auf jeden Fall vermeiden wollte. Jetzt nur nicht mein Messer verlieren! Plötzlich spürte ich einen wahnsinnigen Schmerz im Rücken. Der dritte Mann schlug mir von hinten mit seinem Knüppel ins Kreuz. Ich mobilisierte meine ganzen verbliebenen Kräfte, die nach den Geschehnissen nicht mehr allzu explosiv waren, und schlug dem unter mir Liegenden mit voller Härte meine Faust ins Gesicht. Er rührte sich nicht mehr. Dann rollte ich mich weg, bevor der zweite Schlag des Mannes, der hinter mir stand, mich treffen konnte. Aus dem Augenwinkel nahm ich war, dass derjenige mit dem Messer auf Pia losgegangen war. Auch sie wälzte sich am Boden. Ich musste ihr sofort zu Hilfe kommen, wenn ich sie nicht verlieren wollte. Mir gelang es endlich aufzustehen. Ich hieb mit dem Messer auf den Knüppelschwinger ein, streifte ihn aber nur. Trotzdem ließ er von mir ab und ergriff die Flucht. Im nächsten Augenblick geschah ein weiteres Unglück. Ich hörte Pia laut aufstöhnen, bevor ich die beiden am Boden Liegenden erreichen konnte. Ich stellte entsetzt fest, dass Pia stark an der Schulter blutete. Doch ehe der Messerstecher zum zweiten Mal zustechen konnte, war ich bei ihm und schnitt ihm von hinten die Kehle durch. Er hatte mich nicht kommen sehen und drehte sich überrascht in Zeitlupe nochmals zu mir um, um kurz danach zusammenzubrechen. Jetzt ergriff auch endlich der letzte Mann mit dem Knüppel die Flucht, nachdem er sah, wie seine zwei Kameraden regungslos am Boden lagen. Ich rollte den blutenden Mann von Pia runter und half ihr auf die Beine. Jetzt brauchten wir unbedingt einen Plan für unser weiteres Vorgehen, um unser Überleben zu sichern. Blindlings zu handeln würde uns diesmal endgültig in den sicheren Tod treiben, wenn Pia durch ihren Schulterstich überhaupt noch in der Lage war, zu fliehen.

Der Stich musste ziemlich tief sein und eine größere Arterie verletzt haben, da das Blut unvermindert stark aus der Wunde sickerte. Ich legte die Schulter frei, konnte aber durch das Blut nicht viel erkennen, also legte ich einen Druckverband an. Zum Glück hatten wir einiges an Verbandsmaterial in unseren Rucksäcken. Das gelang ganz gut, die Blutung wurde so gestoppt. Pia hielt tapfer durch, und es machte den Anschein, dass sie noch die Kraft besaß, weiterzulaufen. Also überlegten wir genau, wie wir möglichst schnell wieder aus dem gefährlichen Viertel rauskommen konnten. Wir gingen ohne zu hasten den selben Weg wieder zurück, den wir zuvor von Panik erfüllt entlang gerannt waren. Dies gelang Gott sei Dank, ohne dass wir uns nochmals verliefen. Endlich sah ich die größere Kreuzung, an dem sich der Ort des Übels befand, von dem alles seinen schrecklichen Verlauf nahm. Wir wollten keinesfalls dem Haus und den Wachen zu nahe kommen, aber so hatten wir jetzt wieder einen Orientierungspunkt. Pia war den Umständen entsprechend gut bei Kräften, so dass wir beschlossen, noch heute möglichst weit aus der Stadt rauszukommen, damit wir nachts ungestört unser Lager bereiten konnten, denn wir brauchten unbedingt Ruhe, und das konnte uns nur ein sicherer Platz außerhalb der Stadt geben, der uns ein Gefühl von Geborgenheit vermittelte.

Wir orientierten uns so gut es ging am Sonnenstand, zudem kamen uns einige Straßenkreuzungen vom Hinweg her bekannt vor. Und wir mussten ja unbedingt den selben Weg gehen, um möglichst schnell wieder nach Norden zu gelangen. Das Ziel war natürlich unser Segelboot. Einvernehmlich wollten wir den verdammten Kontinent schnellstmöglichst verlassen. Hier erwarteten uns nur unvorstellbares Elend und abgrundtiefe Grausamkeiten. Ich hielt mein Messer die ganze Zeit griffbereit in meiner Hand, um mich bei einer etwaigen Gefahr sofort verteidigen zu können. Dieser entschlossene Gesichtsausdruck musste auf die Vorübergehenden und auch die, welche uns versteckt zwischen irgendwelchen Häuserwinkeln beobachteten, eine abschreckende Wirkung haben, denn wir wurden auf unserem Weg nicht weiter behelligt.

Endlich gelangten wir langsam in die Vororte. Pia wurde auch schon merklich schwächer und blasser im Gesicht. Ich lockerte etwas den Verband, nicht dass der Arm durch die verlangsamte Blutzufuhr Schaden nahm und siehe da, der Stich hörte auf zu bluten. Ich desinfizierte anschließend die Wunde und wickelte die Schulter so gut es ging in eine Binde ein. Dann machte ich eine Schlinge für den Unterarm zum Hineinlegen, damit die Wunde bei einer heftigen Bewegung nicht aufriss. Leider hatten wir nur noch zwei kleine Wasserflaschen, die nahezu leer waren, und überhaupt nichts mehr zu Essen. Jetzt merkten wir auch langsam ein unbändiges Durstgefühl, nachdem sich die Aufregung etwas zu legen begann. Wir mussten unbedingt heute Abend einen Lagerplatz mit frischem Wasser finden. Das bedeutete aber noch ein gutes Stück weiter nach Norden zu laufen, denn wir wussten vom Hinweg, dass ein paar Meilen vor der Stadt einige kleinere Flussläufe durch ein zum Teil bewaldetes Gebiet flossen. Hier würden wir genügend Schutz und frisches Wasser finden. Nach meiner Schätzung waren das ungefähr zehn Kilometer, da wir uns bereits schon ziemlich am Stadtrand befanden. Das war ohne weitere Zwischenfälle noch zu schaffen, vorausgesetzt Pia klappte nicht zusammen. Also liefen wir stramm weiter. Es war bereits später Nachmittag, meine tolle Uhr hatte ich ja leider nicht mehr, um eine genaue Uhrzeit zu haben.

Langsam ließen wir die dichtere Bebauung hinter uns. Das war geschafft. Wir konnten unversehrt diese unheilvolle Stadt verlassen. Das grenzte an ein Wunder. Glücklich nahmen wir uns beide in die Arme, denn wir wussten, mit der Wildnis hatten wir gelernt spielend fertig zu werden, mit den gewissenlosen Kreaturen in Sydney aber nicht. Die letzten Kilometer, bis wir dann doch endlich richtig in die Natur kamen - vereinzelte Häuser und Villen lagen immer noch verstreut in der Landschaft - gingen sehr schleppend. Pia war mit ihren Kräften am Ende.

Ich stützte sie und sprach ihr so gut es ging Mut zu: »Komm Mäuschen, jetzt haben wir an einem Tag zweimal unser Leben neu geschenkt bekommen, da werden wir doch nicht mehr aufgeben.«

Pia nickte stumm und biss die Zähne zusammen. Als die Sonne schon langsam hinter dem Horizont verschwand, gelangten wir endlich in unberührtere Gegenden. Der Bewuchs wurde immer dichter und langsam lösten höhere Bäume die niedrigeren Büsche und Kulturlandschaften ab. Endlich sahen wir ein kleines Rinnsaal, das sich durch dichtes Gestrüpp zwischen den Bäumen entlang schlängelte.

Perfekt! Geschafft! Das Wasser schmeckte köstlich, auch wenn es vielleicht verstrahlt war. Wir füllten unsere Bäuche bis kurz vor dem Platzen. Ich sammelte noch ein paar Maden, die ich mit meinem Messer unter der Rinde von Bäumen hervorkratzte, die machten zwar nicht satt, stillten aber wenigstens den größten Hunger. Leider mussten wir sie roh verzehren, denn ein Feuer trauten wir uns aus Angst, dass wir entdeckt werden könnten, nicht zu machen. Wir rollten unsere Isomatten und Schlafsäcke unter einem besonders dichten Gestrüpp aus und schliefen eng aneinandergekuschelt in dem Bewusstsein, dass wir die größte Gefahr erst einmal gebannt hatten, ein.

Neue Weggefährten

Eine strahlend weiße Sonne und Vogelgezwitscher kündigten einen Morgen voller neuer Hoffnung an. Motiviert standen wir auf und erfrischten uns mit dem kühlen Wasser des Baches. Ich verband Pias Wunde neu, man sah zwei auseinanderklaffende Wundränder, die ungefähr fünf Zentimeter lang waren. Wie tief der Stich in das Fleisch ging, konnte ich nicht feststellen. So hofften wir, dass die Wunde ohne Nähen verheilen würde, denn dazu war es jetzt zu spät. Wenn, dann hätte ich das gestern Abend machen müssen, als die Wundränder noch frisch waren. In meinem Inselvorbereitungskurs hatte ich nämlich gelernt, dass man eine Wunde nur bis maximal acht Stunden nach der Verletzung nähen konnte. Das hatte ich aber wegen der ganzen Aufregung total vergessen. Also mussten wir ein weiteres Mal auf unser Glück vertrauen und hoffen, dass sich die Wunde nicht entzünden würde. Der Vorfall mit unseren beiden Freunden, wir waren ja wie eine Familie, machte uns sehr schwer zu schaffen, eigentlich konnten wir das grausame Schicksal, das erst Sophia und dann Michael wiederfahren war, überhaupt noch nicht richtig verarbeiten. Aber was halfs! Wir mussten in dieser schrecklichen Zeit immer nur nach vorne schauen, sonst ging man einfach kaputt. Wir wollten zurück zum Boot und wieder zu unserer Insel segeln. Das würde zwar nicht einfach werden, denn ein kleines Eiland zu finden, war weitaus schwieriger als an der zweitausend Kilometer langen australischen Küste anzulanden. Außerdem waren wir nur zwei Segler, also gerade mal die Hälfte der Besatzung wie auf der Hinfahrt. Zudem konnte Pia nur einen Arm gebrauchen. Alles das nahmen wir aber trotzdem in Kauf, nur um von diesem Kontinent wegzukommen, denn der hatte garantiert keine lebenswerte Zukunft nach all den Erlebnissen.

Wir füllten unsere Flaschen auf und tappten durch Gestrüpp und Wälder weiter, immer in der Nähe der Küste. Die Strecke betrug ungefähr hundert Kilometer, die wir zurücklegen mussten. Damals bei unserer Ankunft mit dem Boot prägten wir uns genau die kleine Bucht mit dem Fluss und die dahinter liegenden Wälder ein. So durfte es hoffentlich kein Problem werden, die Stelle wiederzufinden, wenn das Boot überhaupt noch da war. Ohne dieses würde all unsere Hoffnung wie eine Seifenblase zerplatzen, davon war ich fest überzeugt. Allerdings sah die Landschaft mit ihren Wäldern und Wasserläufen, die überall entlang flossen, ziemlich ähnlich aus. Aber es war ja noch ein langer Fußmarsch zurückzulegen. Auf dem Weg hielten wir immer wieder nach verlassenen Häusern Ausschau, um unsere Lebensmittelvorräte aufzufüllen. Die Häuser, welche wir vereinzelt sahen, waren aber alle ausgeplündert. Das konnte man von Weitem erkennen. Vermutlich waren wir einfach noch zu nahe an der Stadt. Das bedeutete heute für uns auch nur wieder Maden, Gräser und Beeren. Zum Angeln hatte ich keinen Nerv. Wir wollten erst mal weiter kommen, was uns ein gutes Stück gelang, schätzungsweise dreißig Kilometer. Wenigstens hatten wir genug Wasser. Am späten Nachmittag suchten wir wieder einen Unterschlupf. Nach einer größeren Lichtung kamen ein paar dichtere Wälder, die dafür geeignet schienen. Das Komische war nur, ich konnte mich, nachdem wir die Stadt verlassen hatten, kein einziges Mal mehr an den Weg erinnern, obwohl wir genau aus der entgegengesetzten Richtung kamen, aber anscheinend eben nicht ganz genau. Pia ging es ebenso. Heute war sie übrigens wesentlich fitter, wenn sie nicht den Arm in der Schlinge gehabt hätte, würde man ihre Verletzung beim Laufen gar nicht bemerken. Schließlich rollten wir wieder unter einem dichteren Gestrüpp unsere Schlafsäcke aus, natürlich kontrollierten wir vorher immer die Stelle, ob sich in unmittelbarer Umgebung giftige Schlangen oder Spinnen verkrochen hatten. Wenn wir keine fanden, konnten wir beruhigt schlafen, denn eine Schlange wird wohl kaum von sich aus angreifen.

Australien ist übrigens das Land mit den meisten gefährlichen Tieren überhaupt. Das gilt auch für die Lebewesen im Meer, wie Tigerhai und Weißer Hai, die oft näher an der Küste sind, als man denkt, das berüchtigte Salzwasserkrokodil, vor dem man sich sogar im Falle eines Angriffs versichern lassen konnte und nicht zuletzt der Box-Jellyfish, die berüchtigte Würfelqualle. Bei einer unglücklichen Berührung stirbt der Schwimmer aufgrund eines Schocks, da ihre Tentakeln die giftigsten ihrer Art sind.

Endlich fanden wir am dritten Tag ein ziemlich intaktes Haus auf einer einsamen, kleinen Lichtung. Es schien noch nicht geplündert und unbewohnt zu sein. Wir beobachteten das Haus erst einmal eine halbe Stunde von einem sicheren Versteck aus, ob es auch tatsächlich unbewohnt war. Als sich überhaupt nichts rührte, gingen wir vorsichtig näher. Beim Eintreten, die Tür war nicht abgeschlossen, hielt ich mein Messer griffbereit. Die Räume im Erdgeschoss waren alle intakt, sie sahen aus, als wären sie immer noch bewohnt. In der Küche stapelte sich sogar dreckiges Geschirr und überall standen Essensreste rum. Allerdings ohne Larven oder Mücken, die sich zwangsläufig ansiedeln würden, wenn diese Essensabfälle älter wären. Vielleicht war erst vor Kurzem einer hier.

»Wir müssen aufpassen, dass wir nicht von irgendjemandem überrascht werden«, sagte ich zu Pia.

»Lass uns schnell alles einsammeln, was zum Essen taugt, dann verschwinden wir wieder«, meinte sie.

Wir teilten uns auf. Pia sollte unten in der Küche nach Konserven schauen, denn es standen einige in den Regalen, und ich wollte schnell einen Blick nach oben werfen, ob da auch irgendetwas Brauchbares zu finden war. Im ersten Zimmer gab es gar nichts, es war eine Art Kinderzimmer. Das Bett sah erstaunlicherweise frisch aus.

Gerade als ich zur Tür rauswollte, erstarrte ich. Totenstill lauschte ich nochmals genau, denn vielleicht hatte mir meine Einbildung einen Streich gespielt. Doch tatsächlich, ich hörte es genau: Ein leises Wimmern. Wir waren also bemerkt worden, aber warum griff uns keiner aus dem Hinterhalt an. Auf diese Weise hätten wir keine Chance, uns zu verteidigen. Fest, aber dennoch zitternd hielt ich mein Messer in der Hand. Um Pia zu warnen, war es zu spät. Sie wurstelte unten in der Küche rum. Und laut Schreien wäre jetzt verkehrt gewesen. Das Wimmern musste genau aus dem Zimmer gegenüber kommen. Leise, aber mit bebendem Herzen lauschte ich an der Tür. Das hörte sich nach einem Kind an, das wahnsinnig Angst hatte. Das würde auch das Verstecken erklären. Ich fasste mir ein Herz und riss die Tür auf. Meine Muskeln waren bis zum Zerreißen gespannt. Aber was sah ich? Drei Kinder hockten eng aneinander gekauert auf dem Bett und erschraken zu Tode, als sie mich mit meinem Messer sahen. Der älteste Junge war gerade im Begriff aufzuspringen und auf mich zuzustürmen. Schnell packte ich das Messer weg und sagte, dass ich ihnen nichts Böses wolle. Wie zum Beweis hob ich beide Hände mit den Handflächen nach außen und setzte ein freundliches Lächeln auf. Jetzt erschien auch Pia hinter mir. Die Kinder beruhigten sich und fassten Vertrauen, dass ihnen tatsächlich nichts geschehen würde. Wir stellten uns vor und erzählten, dass wir Nahrungsmittel suchen wollten und auf dem Weg zu einem Segelboot waren, mit dem wir vorhatten auf eine entfernte Insel zu segeln.

Die Augen der Kinder begannen nach diesen Worten zu leuchten. Anscheinend hatten sie keine Idee mehr, wie sie ihr weiteres Leben gestalten sollten. Der älteste Junge erzählte nun etwas über sich und die beiden anderen Kinder. Er hieß Denn und war fünfzehn, sein Bruder namens Jeff elf und seine Schwester, Sandy, dreizehn. Sie lebten seit der Katastrophe alleine im Haus, die Eltern waren zu dem Zeitpunkt in Sydney einkaufen und seitdem nicht mehr erschienen. Sie trauten sich nicht sie zu suchen, nachdem sie einmal fast von einer Horde Wilder überfallen wurden, als sie sich auf den Weg in die Stadt machen wollten. Allerdings hätten sie bald ein Problem, weil die Nahrungsmittel knapp wurden. Als Denn dies berichtete, wurden die Mienen der anderen immer verzweifelter. Mir taten die drei Kinder richtig Leid, denn sie hatten ihre Eltern verloren und meisterten trotzdem alles tapfer. Man konnte den unbändigen Optimismus und den Lebenswillen der Kindern nur bewundern.

Sandy fragte, als Denn mit seinen Ausführungen geendet hatte, unvermittelt: »Dürfen wir mit euch kommen?«

Im Nachhinein war klar, dass diese Frage kommen musste, denn es war vielleicht die letzte Chance aus diesem Gefängnis zu entkommen, auch wenn die Zukunft bei uns für die Kinder ebenfalls ungewiss sein würde.

Pia antwortete: »Könnten wir bei euch übernachten, dann können wir die ganze Sache nochmals ausführlich bereden.«

Die Kinder waren mit dieser Idee einverstanden. Überhaupt schienen sie ziemlich diszipliniert und wohlerzogen. Auch machten sie keinen verwahrlosten Eindruck, der aber einige Zeit später bestimmt noch eingetreten wäre. Wir setzten uns in die Küche und ich machte ein paar Fleisch- und Gemüsekonserven auf, damit alle erst einmal etwas Anständiges in den Magen bekamen, vor allem Pia und ich. Die Kinder waren sehr höflich, quetschten uns aber mit ihren Fragen wie Tomaten aus. So hatten wir in zwei Stunden unsere ganze Geschichte erzählt, das mit Sophia ließ ich aber wohlweißlich weg. Es gab viel zu lachen, vor allem Sandy mit ihrer unbefangenen Art brachte uns immer wieder dazu. Die Kinder blühten während unserer Anwesenheit richtig auf, und wir erlebten endlich mal etwas Abwechslung und etwas Positives. Somit stand am Abend fest: Die Kinder kamen mit uns. Sandy und Jim fielen uns sofort um den Hals, und auch wir umarmten die Kinder mit Tränen in den Augen. Es wäre zudem einem Mord gleichgekommen, die Geschwister alleine zurückzulassen, da früher oder später das Haus geplündert worden wäre, und was dann mit den Kindern geschehen wäre, das wollte ich mir lieber nicht ausmalen. Allerdings konnten wir nicht sicher für einen glücklichen Ausgang unserer Reise garantieren, aber die Zeichen standen nun günstiger.

Zufrieden schliefen wir die Nacht alle unter einem Dach, um gleich früh am Morgen die für die Reise wichtigen Sachen zu packen. Im Haus gab es noch ein paar Rucksäcke, so wurde Denn mit einem großen, Sandy und Jeff jeweils mit einem kleinen ausgestattet. Wir packten für sie Kleidung, vor allem auch Mützen, Jacken und feste Hosen, Schlafsäcke mit Isomatten, Australier sind ja alle irgendwie Camper und entsprechend ausgerüstet, aber auch Trinkflaschen und sogar Zahnputzzeug mit ein. Es waren ja noch Kinder, da mussten die Zähne länger halten. Wir frischten auch unsere Reiseapotheke auf, denn in dem Haus gab es ziemlich viel an Medikamenten, wie zum Beispiel ein fiebersenkendes Mittel, Desinfektionsspray und Vitamintabletten. Dann füllten Pia und ich unsere Rucksäcke mit Nahrungsmitteln, hauptsächlich Konserven, auf, aber wir fanden auch Müsliriegel, Trockenfrüchte und Kartoffeln, allerdings konnten wir nicht alles mitnehmen, weil dann die Rucksäcke zum Tragen viel zu schwer geworden wären. Als wir schon fast zur Tür draußen waren, fing Jeff plötzlich zu heulen an. Erst wollte er nicht mit der Sprache rausrücken, aber dann fragte er uns, was jetzt sein Kuscheleisbär alleine in dem Haus machen sollte. Also stopfte ich ihn in meinen Rucksack. Wir mussten in Zukunft erst einmal wieder lernen, auf die Bedürfnisse der Kinder einzugehen, seien sie für uns auch noch so nebensächlich, denn für uns galt in den letzten Wochen nur eins: Überleben! Jeff war zufrieden und unsere nun mehr als doppelt so große Gruppe zog weiter Richtung Norden. Wie das Zusammenleben mit den Kindern funktionieren wird, wird sich erst in der Zukunft zeigen. Jedenfalls konnten wir sie jetzt nicht mehr im Stich lassen, auch wenn es Ärger geben sollte, weil wir sie von nun an sozusagen adoptiert hatten.

Wo ist unser Boot?

Wir marschierten munter drauf los. Die Kinder waren allesamt guter Dinge. Mit Ausnahme von Jeff, der beim Einschlafen manchmal weinte, hatten sie den Verlust ihrer Eltern anscheinend einigermaßen überwunden, zumindest wurden sie jetzt durch die neuen Ereignisse davon abgelenkt. Denn wirkte für sein Alter ziemlich erwachsen und vernünftig. Er war groß gewachsen und etwas schlaksig. Jeff dagegen war eher klein und mit seinen blonden Wuschelhaaren wie ein richtig kleiner Lausbub. Sandy hatte rötliche, halblange Haare und wirkte mit ihren dreizehn Jahren schon wie ein junger, hübscher Teenager. Alle drei waren sehr umsichtig zueinander, vor allem Denn half seinen jüngeren Geschwistern immer wieder bei Problemen. Wir unterhielten uns jetzt untereinander fast nur noch in Englisch, auch wenn Pia und ich einmal gerade alleine waren.

Den Nationalpark Hawkesbury hatten wir hinter uns gebracht, eigentlich müssten wir langsam zu dem größeren See kommen, wo wir George getroffen hatten. In seinem Haus könnten wir nochmals unsere Essensvorräte auffüllen. Ich beschrieb Denn diesen See, aber er wusste aufgrund der Vielzahl der Seen, die sich entlang der Küste Richtung Norden aneinander reihten, nicht, welchen ich meinte. Also latschten wir weiter, aber langsam wurden Pia und ich nervös, da wir überhaupt keinen Anhaltspunkt fanden. Wir kamen am nächsten Tag einmal an einen See, der war aber wesentlich kleiner und hatte auch eine andere Form. Pias Wunde schaute nahezu unverändert aus. Die Wundränder begannen langsam zu vernarben, die Schnittstelle war aber immer noch offen. Insgeheim machte ich mir einige Sorgen, dass sich die Wunde entzünden könnte. Pia schien aber durch ihre Verletzung nicht sonderlich beeinträchtigt, außer dass sie ihren Arm so gut es ging schonte. Alles in allem machte die Wanderung also eher wieder mehr Spaß, da wir gut ausgestattet waren und die Kinder unsere abenteuerliche Wanderung als willkommene Abwechslung sahen. Außerdem freuten sie sich wahnsinnig, endlich aus dem bedrückenden Haus entflohen zu sein, in dem sie mehrere Monate wie in einem Gefängnis gehaust hatten. Auch das allabendliche Schlaflager wollten sie unbedingt selbst aussuchen, allerdings ging bereits am Nachmittag eine hitzige Diskussion unter ihnen los, welche Stelle am besten geeignet sei. Letztendlich setzte sich dann Denn durch, er wurde praktisch als Oberhaupt von seinen Geschwistern, wenn auch nur insgeheim, akzeptiert.

Am vierten Tag, seitdem wir nun mit den Kindern zusammen waren, wurde meine und Pias Unruhe so groß, dass wir beschlossen, den Schutz des Waldes zu verlassen, und an der Küste entlang wandern, um so leichter das Boot zu finden. Wir schlugen uns also durch das Dickicht Richtung Küste. Übrigens waren wir wieder mit Uhren und einem Kompass ausgestattet, nur eine Waffe fehlte zu unserem Glück. Nach einigen Stunden wildem Kampf mit der wuchernden Vegetation sahen wir das tiefe Blau des Ozeans zwischen den Bäumen durchschimmern. Ein sehr schöner Anblick! Vor allem als wir endlich im schneeweißen Sand standen und die Enge der Wälder mit dem endlosen Horizont des Meeres eintauschten. Hier fühlte man sich gleich viel freier, und man konnte sich schon wieder eher vorstellen, mit einem Segelboot auf das offene Meer zu fahren. Bevor wir weitergingen, ließen wir uns es natürlich nicht nehmen, erst einmal ins Meer zu hupfen. Die Kinder tobten wie die Verrückten rum und versuchten die ganze Zeit mich zu tauchen. So ganz ausgelassen konnte ich den Spaß allerdings nicht erwidern, da mir die ganze Zeit das blöde Segelboot im Hirn rumspukte. Allerdings merkte ich, als die Kinder sich wie kleine Äffchen um meinen Hals klammerten, dass schon eine gewisse Vertrautheit zwischen uns entstanden war. Anscheinend hatten ihre Körper die Strahlung gut weggesteckt, vielleicht lag es aber auch schon an der beträchtlichen Entfernung ihres Hauses zur Stadt. Pia beobachtete schmunzelnd das ganze Treiben aus sicherer Entfernung, da sie nur bis zur Hüfte im Wasser war. Nach dem Badespaß suchten wir unsere Sachen zusammen und machten uns weiter Richtung Norden auf. So weit es möglich war, wollten wir jetzt immer an der Küste entlang laufen. Ich hatte genau das Bild mit dem vor Anker liegenden Segelboot in der kleinen, geschützten Bucht vor Augen. Bei jeder kleineren Bucht bekam ich erst einmal einen Schock, da sich darin kein Boot befand, allerdings handelte es sich dann bei genauerer Betrachtung nicht um die gesuchte. Auch wurden die Kinder zunehmend unruhiger, vielleicht begannen sie langsam an unserer Glaubwürdigkeit zu zweifeln. Immer wieder fragten sie, wo denn jetzt endlich das Boot liege. Ich wurde währenddessen immer gereizter und beschleunigte meinen Schritt, so dass die Kinder hinterher hechelten und dabei das Fragen vergaßen.

Am nächsten Tag erlebten wir eine böse Überraschung. Ein großer Fluss in einer riesigen Bucht schnitt uns abrupt den Weg ab. Hier konnten wir keinesfalls gewesen sein. Unmöglich! Langsam war es zum Verzweifeln.

»Wir werden doch in der Lage sein, unser Boot wiederzufinden«, dachte ich mir vorwurfsvoll.

Ich erklärte den Kindern, dass es jetzt eigentlich nur noch in südlicher Richtung liegen konnte, und dieser Umstand für uns auch einen gewissen Vorteil hätte, da wir eine Richtung nun ausschließen konnten. Murrend ließen sie sich überzeugen, umzudrehen und den selben Weg wieder zurückzugehen. Erst einmal liefen wir einen ganzen Tag genau den selben Weg wieder zurück, bis wir an die Stelle kamen, wo wir im Wasser planschten. Hier endeten unsere Fußspuren, die auch einen Tag später immer noch deutlich im Sand zu sehen waren. Ab dieser Stelle wurde es ernst. Jetzt musste das Boot irgendwann kommen. Unsere Nervosität steigerte sich zunehmend, das merkten auch die Kinder und hielten sich mit ihren nervenden Fragen zurück. Wir übernachteten nochmals am Strand, die Stelle schien uns sicher, denn seit die Kinder bei uns waren, haben wir keine Menschenseele mehr getroffen. Der nächste Tag war bewölkt und es nieselte ab und zu, es wurde richtig ekelig zum Laufen. Die Stimmung war auf dem Nullpunkt. Zudem versperrte uns jetzt ein Mangrovenwald das Weiterkommen. Wie sollten wir diesen umgehen? Aber da fiel es mir wie ein Geistesblitz wieder ein. Die Bucht lag ja in einem Mangrovenwald. Wir gingen von unserem Boot erst einmal eine halbe Stunde durch dichtes Gehölz.

Aufgeregt berichtete ich den anderen von meiner Vermutung: »Das muss die Stelle sein. Pia, kannst du dich nicht mehr an den Wald direkt an der Küste erinnern!«

»Doch, ich glaube schon. Wir sollten irgendwie versuchen, möglichst nahe an der Küste uns durch die Mangroven zu schlagen.«

Das wäre auch meine Idee gewesen, und so kämpften wir uns durch das Gehölz und knietiefes Wasser durch. Als ich im Geäst gerade noch eine Schlange davonzischen sah, warnte ich vor allem die Kinder genau aufzupassen, wo sie ihren Fuß hinsetzten. Wir kamen trotz der widrigen Umständen ganz gut voran. Bei jedem Schritt hoffte ich mehr, dass bald die Bucht mit unserem Boot kommt. Auch Pias Gesicht war wie versteinert. Weiter vorne sah ich jetzt einen Wasserarm in den Mangrovenwald hineinreichen. Ich beschleunigte augenblicklich meinen Schritt und sah deshalb das Wunder als Erster: Da lag es! Ich erkannte schon vor den letzten Bäumen genau die Umrisse unseres Bootes. Als ich aus dem Wald heraustrat, war ich von dem Anblick überwältigt. Mir schossen die Tränen in die Augen, ich heulte vor Freude hemmungslos. Das war unser Fahrschein in ein neues, hoffnungsvolleres Leben. Gott sei Dank war das Boot noch da, keiner hatte es in der ganzen Zeit entdeckt. Das war nicht zu fassen! Pia und die Kinder kamen jetzt dazu. Wir fielen uns alle in die Arme und schrien unseren ganzen aufgestauten Frust raus. Einfach herrlich.

»Komm, lasst uns an Bord gehen, um zu schauen, ob noch alles in Ordnung ist«, rief ich.

Flugs kletterten wir die heruntergelassene Bordleiter hoch und inspizierten das Boot. Alles war noch an Ort und Stelle, selbst die Navigationsgeräte und die Seekarten lagen in der Kajüte. Die Segel waren nach wie vor sauber aufgerollt und intakt, auch sonst war das Schiff nicht beschädigt. Plötzlich hatten wir es alle eilig, davonzusegeln, wahrscheinlich auch deswegen, um nicht im letzten Augenblick entdeckt zu werden, am Ende würden wir dann das Boot doch noch verlieren. Dennoch mussten wir unbedingt unsere Nahrungsmittelvorräte auffüllen. Um zu unserer Insel zu gelangen, würden wir mindestens vier Wochen auf offener See sein, vorausgesetzt die Winde sind günstig und wir finden die Insel sofort. Wir befanden uns nun ungefähr am Ende der Trockenzeit, das Wetter wurde daher langsam unbeständiger und die Luft schwüler. Wir mussten uns also beeilen. Vor dem Mangrovenwald sah ich einige unversehrte Strandhäuser und sogar eine größere Villa. Ich wollte zurück und die Häuser nach Essbarem durchsuchen. Die Kinder sollten sich währenddessen die Kanister und Wasserflaschen schnappen und mit frischem Wasser auffüllen. Eine kleinere Quelle befand sich in unmittelbarer Nähe der Bucht. Pia blieb an Bord und machte sich mit unserer Route und den Navigationsinstrumenten vertraut. Auf unseren Navigator Michael mussten wir ja leider bei dieser Fahrt verzichten. Gott sei Dank kannte sich Pia aber ebenfalls relativ gut in der Navigation aus. Das Steuern und Segelsetzen würde dann meine Aufgabe sein. Zu unserer Überraschung berichtete uns Denn, dass seine Eltern ein ähnliches Segelboot von dieser Größe hatten und öfters mit draußen waren, dabei half vor allem er bei den Manövern mit, so dass er wusste, wo er hinlangen musste. Das war sehr gut, so hatten wir einen Segelerfahrenen mehr. Sandy und Jeff würden wahrscheinlich weniger eine Hilfe sein.

Während die Kinder langsam den Wassertank mit den Kanistern auffüllten, machte ich mich zu den Häusern auf. Das war ein mühsames Unterfangen. In etlichen Strandhäusern gab es überhaupt nichts Brauchbares, nur in einigen befanden sich ein paar Konserven. Frische Lebensmittel waren längst verdorben oder von Tieren aufgefressen. Endlich hatte ich einen Rucksack voll und schleppte das Zeug mühsam durch die Mangroven zum Boot. Dabei wurde es schon Abend, und wir beschlossen ein weiteres Mal an Deck zu übernachten, da der Wassertank noch nicht ganz voll war und die Lebensmittel auf jeden Fall nicht langten. Wir mussten eine Reserve mit einkalkulieren, falls wir vom Kurs abkommen sollten oder der Wind ungünstig stand, obwohl das ganze Jahr über der Wind von Südosten kommt und daher die Rückfahrt sogar noch problemloser sein müsste, da wir mit einem Passat aus Südost nicht so hart am Wind segeln müssten. Also ging ich am nächsten Tag zu dieser riesigen Villa und wurde auch sofort fündig. Es gab eine Menge an Konserven. Australier scheinen gern aus Konserven zu essen, denn in deutschen Haushalten findet man eher nicht so viele, allerdings kam uns dieser Umstand entgegen, da sie die einzige Möglichkeit waren, sich auf einer längeren Schiffsreise zu versorgen. Frische Lebensmittel, wie Obst, Gemüse, Fleisch oder Wurst würden zu schnell verderben oder wir konnten sie ohne Kochmöglichkeit nicht zubereiten. Also packte ich hauptsächlich Konserven, die mit Gulasch, Erbsen, Karotten, Rouladen und Fisch gefüllt waren, in meinen Rucksack. Im Garten dieser Villa fand ich zu meiner Überraschung einen Apfel- und Pfirsichbaum voll mit Früchten. Super! Da fand ich noch etwas Frisches und zupfte so viele Früchte, wie ich tragen konnte. Als ich zurückkam, war die Freude über meine Errungenschaften groß. Die Kinder hatten bereits den Tank und alle zusätzlichen Wasserflaschen und Kanister gefüllt. Wir rechneten alles durch und kamen zu dem Entschluss, dass das Wasser locker zwei Monate reichen würde. Mit den Lebensmitteln war es schon knapper. Wir hatten hundertzweiundneunzig kleinere und größere Konserven und circa dreißig Kilo Äpfel und Pfirsiche an Bord, dazu einige Müsliriegel und Schokolade. Das würde bei einer knappen Einteilung höchstens sechs Wochen reichen, aber immerhin noch zwei Wochen länger, als wir für die Reise veranschlagt hatten. Das musste für unsere Reise genug sein.

Endlich konnten wir den Anker lichten, der sich ziemlich festgesetzt hatte, und den wir erst nach längerem Rütteln und sogar einigen notwendigen Tauchgängen wieder frei bekamen. Dann setzten wir erst das Großsegel, wobei Denn super mithalf und Pia gar nichts tun musste. Der Wind blähte langsam das Segel und das Boot setzte sich in Bewegung. Das Gefühl war unbeschreiblich, als sich der Rumpf in Richtung offenen Ozean drehte. Wir hatten es geschafft. Tausend Gefahren gemeistert und dennoch am Leben, zwar zwei sehr gute Freunde verloren, aber dafür drei Kindern das Leben gerettet. Abenteuerstimmung machte sich auf unserem Bötchen breit, denn oft genug hatte ich den Kindern von unseren netten kleinen Insel erzählt. Sie glaubten fast, wir fuhren ins Paradies. Hoffentlich ging bei unserer letzten, auch nicht ungefährlichen, Etappe alles glatt!

4. Teil

Pia

Das Boot lag gut im Wind. Dieser war zwar zum Teil
sehr böig, so dass das Boot öfters in den Wind drehte,
aber lieber so als eine Flaute. Zudem blies er beständig
aus Südost, was ein schnelles Vorankommen ermöglichte, da er somit von schräg hinten in die Segel kam und
wir einen Raumschotkurs fahren konnten, ohne ständige
Wendemanöver. Dieser Kurs war auch nicht so anstrengend wie ständig bei der Hinfahrt hart am Wind zu segeln. Denn war eine echt große Hilfe, er führte selbst-
ständig Manöver durch, übernahm auch für längere Zeit
mit mir im Wechsel das Steuer und half Pia beim Navigieren. Selbst Jeff und Sandy steuerten ab und zu, wenn
der Wind nicht so heftig blies. Wer weiß, ob ich mit
meiner verletzten Pia überhaupt das Boot über mehrere
Wochen ohne die Hilfe der Kinder hätte steuern können.
Pia war nämlich ziemlich gehandikapt. Außer navigieren konnte sie auf dem Boot keine Arbeiten erledigen.
Sie sollte den Arm so gut wie möglich schonen. Die
Wunde war immer noch nicht verheilt, allerdings begannen die Wundränder langsam zu vernarben. Ich war allerdings kein Experte und wusste nicht, wie lange so
eine Schnittverletzung brauchte, um wieder vollständig
zu verheilen. Also verband ich die Wunde jeden zweiten
Tag neu und reinigte sie dabei so gut es ging.
  Die Fahrt verlief bisher ohne nennenswerte Zwischenfälle, und wir segelten im Schnitt hundertsechzig

Kilometer am Tag. Wenn wir in einem ähnlichen Tempo weitersegelten, würden wir in fünf bis sechs Tagen an Neukaledonien vorbeikommen. Wir waren bis jetzt zehn Tage unterwegs, das machte nach Adam Riese tausendfünfhundert Kilometer. Nach Kaledonien waren es von Sydney ungefähr zweitausenddreihundert Kilometer. Also noch achthundert Kilometer, dann sollten wir an der Insel im Süden vorbeisegeln und hoffentlich diesmal das Land im Norden als Orientierungspunkt sehen. Die Hälfte unserer Essensvorräte hatten wir am zwölften Tag bereits verbraucht, allerdings hielten wir es für nicht notwendig, das Essen stärker als bisher zu rationieren. Das würde auch gleich die gute Stimmung der Kinder negativ beeinflussen. Außerdem hatten alle einen Bärenhunger durch die Seeluft, da ich immerhin im Schnitt vierzehn, Denn acht und die anderen beiden Kinder zwei Stunden am Steuer standen. Bei diesen guten Windverhältnissen fuhren wir natürlich auch nachts durch.

Am fünfzehnten Tag unserer Reise machte es auf einmal einen wahnsinnigen Rums an unserem Boot. Es war noch früh am Morgen, Denn stand am Steuer, Pia, Sandy, Jeff und ich lagen in den Kojen. Das Boot machte so einen Ruck, dass ich aus meiner Koje fiel. Wir stürmten nach oben, als Denn leichenblass berichtete, dass er irgendetwas Großes gerammt hatte, das knapp unter der Meeresoberfläche nur schemenhaft zu sehen war.

»Das wird doch nicht schon wieder ein Wal gewesen sein«, dachte ich.

Sofort zückte ich das Fernglas und suchte die Meeresoberfläche ab, während Pia das Bootsinnere nach etwaigen Schäden überprüfte. Ein größeres Leck wäre unser Todesurteil. Jetzt sah ich tatsächlich etwas Viereckiges knapp unter der Wasseroberfläche davontreiben. Als sich ein kleines Teil durch eine Welle kurz zeigte, wusste ich was es war. Ein herumtreibender Container. Ich zeigte ihn Denn. Pia kam wenig später hoch, sie fand zum Glück keine Lecks. Jetzt fiel mir ein, dass es schon mehrere Schiffsunglücke, vor allem bei kleineren Booten, durch herumtreibende Container gegeben hatte. Bei schweren Stürmen oder gar sinkenden Containerschiffen werden diese von Bord gespült und können Jahrzehnte herrenlos auf den Weltmeeren herumtreiben. So ein Schock gleich in den Morgenstunden! Wir beschlossen, das Meer immer wieder mit dem Fernglas abzusuchen. Allerdings würde das nochmals eine Arbeitskraft benötigen, so erklärte sich Pia bereit, die Aufgabe zu übernehmen.

Wir genehmigten uns erst einmal drei Dosen Gulasch mit Erbsen auf diesen Schreck. Das Boot schnitt wieder friedlich durchs Wasser als wäre nichts gewesen.

Plötzlich ließ Pia einen Jubelschrei los: »Land in Sicht!«

Wir rissen uns vor Freude gegenseitig das Fernglas aus der Hand. Und tatsächlich, man konnte genau eine relativ große Landmasse erkennen, die sich länglich mit höheren Bergen hinzog. Das konnte nur Neukaledonien sein, denn nordwestlich sah man noch ein kleines Inselchen, Maré, das genauso auf der Seekarte verzeichnet war. Wir waren unserer Heimat ein großes Stück näher gekommen. Noch gut acht Tage Segeln, neunhundert bis maximal tausend Kilometer, genau konnten wir das mit dem Umweg durch den Öltanker auf dem Hinweg nicht sagen. Bis zu den Fidschi Inseln waren es jedenfalls insgesamt tausendfünfhundert Kilometer von Neukaledonien aus. Endlich eine Segelfahrt, die bisher genau nach der geplanten Route verlief. Unsere Stimmung war ausgelassen.

Ich fragte die Kinder: »Und was wollt ihr alles auf der Insel machen?«

Sandy rief als Erste: »Wir bauen uns ein riesiges Baumhaus mit ganz vielen Zimmern, wo wir mit einer Seilwinde alles hochziehen müssen.«

Oh je, hoffentlich hatte ich den Kindern nicht zu viel von unserer Insel versprochen.

Jeff fragte ganz sachlich: »Gibt es auf der Insel Kannibalen, so wie bei Robinson Crusoe?«

»Nein, die haben wir ganz für uns allein, außerdem gibt es gar keine Kannibalen mehr.«

Wenigstens das konnte ich den Kindern mit Sicherheit versprechen. Denn fragte noch, ob es schöne Strände zum Baden gebe, was ich natürlich bejahen konnte.

Der Wind und das Wetter blieben uns immer noch treu, die anfänglichen starken Regengüsse wurden in den letzten Tagen immer seltener. Die Freude wurde aber urplötzlich ziemlich getrübt, und das war noch gelinde ausgedrückt. Am zwanzigsten Tag wachte Pia mit starkem Fieber auf. Sie war schweißgebadet und kreidebleich. Sofort öffnete ich den Verband und versuchte mein augenblicklich entsetztes Gesicht so gut wie möglich zu verbergen. Aber Pia spürte sofort mein Unbehagen. Beide starrten wir auf die Wunde. Sie war entzündet, eitrig und stank. Die Wunde hatte sich infiziert, das was auf jeden Fall nicht passieren durfte. Wir hatten ja keine richtigen Behandlungsmöglichkeiten. Ich versuchte sie nochmals zu reinigen, aber Sekret und Eiter flossen immer wieder aus dem Inneren der Verletzung nach.

Pia hatte bei dieser Prozedur heftige Schmerzen. Ihren Arm konnte sie überhaupt nicht mehr bewegen. Mir blieb nichts anderes übrig, als die Wunde wieder zu verbinden, allerdings färbte sich der Verband gleich ein. Was sollte ich machen? Die Insel war nicht mehr weit, vielleicht zwei oder drei Segeltage noch. Allerdings, was konnten wir auf der Insel tun, wenn sich die Entzündung weiter verschlimmerte, und das war offensichtlich der Fall. Dort hatten wir keine Chance, genauso wenig wie an Bord des Schiffes. Mit irgendwelchen Heilkräutern kannte sich keiner von uns aus. Denn und ich beratschlagten, wie wir weiter vorgehen sollten. Pia hatte bereits so stark Fieber, dass sie gar nicht mehr deutlich sprechen konnte. Eine Wundinfektion kommt wahnsinnig schnell und wird auch rasch schlimmer, so sieht man es auf jeden Fall immer in den Abenteuerfilmen, es schien aber leider auch in der Realität zu stimmen. Denn teilte meine Meinung, Pia brauche professionelle Hilfe, die es leider am Schiff nicht gab. Was daraus wurde, wenn man sie in Anspruch nahm, hatten wir in Sydney erlebt. War Pia verloren? Die Verzweiflung nahm mir jeden klaren Gedanken, die Situation schien aussichtslos. Allerdings hatten wir in Sydney sogar einen Arzt gefunden, doch leider den falschen.

»Wenn wir zurück nach Kaledonien segeln, könnten wir eventuell Hilfe für sie finden. Hier gibt es bestimmt einige Menschen wie in Australien. Vielleicht ist da sogar noch alles viel besser, denn es gab dort keine Bomben,« meinte Denn.

Die Idee war gar nicht so schlecht. Unsere Insel bot nun keine Option mehr. Sie würde das Todesurteil für Pia sein. Nach längerer Diskussion kamen Denn und ich aber zu dem Entschluss, - mit Denn konnte man wie mit einem Erwachsenen reden - dass wir nicht nach Kaledonien, sondern weiter nach Fidschi segeln wollten. Erstens war das mittlerweile kürzer als nach Kaledonien zu kommen, und zweitens würde die Windrichtung diesen Kurs begünstigen. Das Ziel stand jetzt fest, wir konnten nur hoffen, dass wir, anders als in Sydney, freundlich empfangen wurden, und den Menschen es auf der Insel gut ging. Warum aber auch nicht? Fidschi lag noch weiter von Australien entfernt. Es war gut möglich, dass die Bevölkerung, vielleicht mit einigen Einschränkungen, noch fast genauso lebte wie vor der Katastrophe. Die Voraussetzungen für einen Erfolg waren also diesmal wesentlich besser. Sobald es Pia wieder besser gehen würde, konnten wir immer noch zurück zu unserem geliebten Eiland segeln.

Schon einen Tag später sah ich am Horizont eine kleine Erhebung. Konnte das unsere Insel sein? Gut möglich! Die Kinder und ich betrachteten traurig das kleine Hügelchen in der Ferne. Hier wären wir am Ziel nach unserer langen Odyssee gewesen. Ruhe und ein beschauliches Dasein hätten uns erwartet. Aber wir mussten nach vorne schauen. Pia ist zu einem Teil meiner selbst geworden. Starb sie, wollte auch ich sterben. Obwohl ich mir das gleich wieder anders überlegte, da ich bereits die drei Kinder als meine eigenen betrachtete. Pia ging es unverändert schlecht, obwohl Sandy und Jeff sie so fürsorglich wie möglich umhegten. Ich teilte ihr unsere Entscheidung mit, durch ein Nicken gab sie mir zu erkennen, dass sie einverstanden war. Jetzt ging es um Leben und Tod. Denn und ich holten das letzte aus dem Kahn raus. Wir waren total erschöpft, da immer einer von uns am Steuer stand, und der andere meistens navigieren musste, denn Fidschi durften wir keinesfalls verfehlen. Der Schlaf kam hierbei viel zu kurz. Ich hoffte inständig, dass Pia noch durchhielt. Es waren immerhin noch ungefähr fünfhundert Kilometer, also drei bis vier weitere Segeltage. Ihre Schulter war jetzt ganz dunkel gefärbt. Der Eiter floss in Strömen aus der Schnittwunde, sobald ich den Verband wechselte. Dabei überfiel mich jedes Mal ein schlimmer Würgereiz. Jeff und Sandy hielt ich beim Verbandswechseln aus der Koje draußen, denn diesen Anblick wollte ich ihnen sparen. Eine letzte Möglichkeit gab es allerdings, wenn es absehbar wurde, dass wir es nicht mehr rechtzeitig nach Fidschi schaffen sollten. Eine Amputation! Wie bei Aron Ralston, der sich nach hundertsiebenundzwanzig Stunden mit einem Messer den Unterarm abtrennte, weil er sich in einer Felsspalte in Utah die Hand zwischen der Wand und einem großen Stein einklemmte. Er konnte sich aus dieser Lage nicht mehr befreien und hatte auch niemandem vorher Bescheid gesagt, wo er sich befand. Der einzige Ausweg, um zu Überleben war also eine Selbstamputation mit seinem Messer. Wenn ich mir das aber nur bildlich vorstellte, wurde mir schon schlecht. Außerdem würde es bei Pia nicht nur der Unterarm, sondern der ganze Arm, und auch noch oberhalb der Schulter sein. Mit dem Messer ein Ding der Unmöglichkeit. Wenn Pia dabei nicht durch den Blutverlust sterben sollte, dann sicher durch eine Entzündung, denn so eine Wunde wäre erst recht unkalkulierbar. Also blieb uns folglich als einzige Hoffnung Fidschi.

Am dritten Tag nach unsere Inselentdeckung war immer noch kein Land in Sicht. Pia war nicht mehr ansprechbar und befand sich bereits im Delirium. Sandy und Jeff leideten mit ihr mit, denn sie betrachteten Pia als Mutterersatz und wollten sie keinesfalls wie ihre Eltern auch verlieren. Diesen Schicksalsschlag würden sie nicht mehr verkraften. Denn und ich waren völlig am Ende, wir funktionierten nur noch. Wir durften keinen Navigationsfehler machen. Würden wir an Fidschi vorbeisegeln, wäre das der Tod für uns alle, denn Samoa, die nächstgrößere Insel, wäre zu weit weg, als dass unsere Lebensmittelvorräte noch reichen würden. Doch schließlich hatten wir wieder einmal unglaubliches Glück. Am vierten Tag sahen wir, wenn auch ganz schwach hinter den Wolken verdeckt, Land. Ein paar Kilometer weiter wurde es zur Gewissheit. Eine langgezogene Landmasse zeichnete sich deutlich als Silhouette von den darüber liegenden Wolken ab. Fidschi! Denn und ich fielen uns weinend in die Arme. Hoffentlich war es für Pia nicht zu spät und hoffentlich gab es dort Hilfe!

Fidschi

Wir steuerten gleich die Hauptstadt Fidschis, Suva, auf der Insel Viti Levu, an, da diese günstigerweise auch die erste große Insel des aus mehr als zweihundert bestehenden Inseln unabhängigen Staates auf unserer Segelroute war. Wenn, dann gab es hier die besten Chancen auf eine schnelle ärztliche Hilfe. Die Stadt lag auf einer Landzunge, westlich davon erkannte ich eine Hafenmole, wo es die Möglichkeit gab, problemlos anzulegen. Allerdings um genau dort hinzugelangen, mussten wir ohne Motor ein paar umständliche Manöver machen, bis wir mit einem lauten Rums an der Pier notdürftig festmachten. Diese Aktion hatte wiederum einige Menschen auf uns aufmerksam gemacht, die aber ganz im Gegensatz zu Sydney wohlgenährt aussahen, einige waren sogar ziemlich dick, was für viele Südseeinsulaner typisch ist, und uns sogar freudig begrüßten. Sie winkten und riefen uns auf Englisch zu, woher wir kämen. Gott sei Dank, wir konnten uns sicher fühlen.

Schnell rief ich ihnen zu: »Wir brauchen unbedingt einen Arzt, wir haben eine Frau mit einer schweren Wundinfektion an Bord.«

Denn und ich holten Pia an Deck, die in unseren Händen wie eine leblose Puppe lag und nur noch leise röchelte. Zwei Fidschianer sprangen gleich herbei und halfen uns, Pia an Land zu schleppen, während ein anderer uns zu verstehen gab, dass er Hilfe hole. Wir legten Pia so lange in den Schatten einer Palme. Ich konnte die Angst der Kinder förmlich spüren, wie sie mit einem nassen Lappen Pias Stirn kühlten, und inständig hofften, dass nicht jede Hilfe zu spät kam. Würde es auf dieser kleinen Insel überhaupt einen kompetenten Arzt geben, der auch die richtige Behandlungsmethode mit der notwendigen Medizin wusste? Wie lange dauerte das denn noch? Meine Nerven waren bis zum Zerreißen gespannt. Endlich kam eine kleine Menschentraube mit einer Art Trage angerannt. Natürlich gab es in Fidschi wie überall mangels Benzin keine Art der motorisierten Fortbewegung mehr.

Ein etwas älterer, beleibterer Mann trat hervor, und stellte sich als Doktor Masi vor: »Wir bringen sie sofort in mein Haus, dort werde ich ihre Frau so gut es geht behandeln.«

Also luden wir Pia auf die Trage und machten uns schnellen Schrittes zu seinem Haus auf, gefolgt von einer immer größer werdenden Menschenmenge. Natürlich war dieses Ereignis hier eine größere Attraktion. Herr Masi schien eher wie ein Häuptling, als wie ein Arzt auszusehen, allerdings waren wir in Fidschi und nicht in einem Universitätsklinikum in Deutschland. Pias Schicksal lag von nun an in seinen Händen. Hoffentlich konnte er helfen! Die Stadt schaute komplett anders als Sydney aus. Alles war in Takt, die Häuser bewohnt und nicht verfallen. Wir kamen sogar an einem kleinen Markt vorbei, wo verschiedene Früchte und sonstige Lebensmittel verkauft wurden. Es herrschte demnach anscheinend keine Nahrungsmittelknappheit. Wir brauchten eine Ewigkeit, bis wir uns in dem geschäftigen Treiben mit der Trage durchgewurstelt hatten. Viele Leute glotzten uns natürlich von oben bis unten an und stellten Fragen, auf die aber zum Glück der Arzt nicht einging. Er hatte sofort den Ernst der Lage erkannt. Endlich betraten wir sein Haus, das eigentlich ein größeres Krankenhaus war. Hier arbeiteten auch andere Ärzte und Schwestern. Alles machte einen gepfleg-ten Eindruck. Das sah schon mal gut aus und ließ hoffen. Pia wurde in ein Zimmer gebracht, wo der Arzt mit einem anderen Mann, der schien ebenfalls ein Arzt zu sein, den Verband abnahm. Die Kinder warteten draußen und bekamen von einer Frau etwas zu essen und zu trinken. Ich ließ es mir aber nicht nehmen, bei Pia zu bleiben. Die Wunde sah richtig schlimm aus. Völlig vereitert und stinkend. Die beiden Männer schauten sich mit ernster Miene die Infektion genau an.

Schließlich berichtete Herr Masi: »Wir haben für besonders schwere Fälle ein hochwirksames Antibiotikum. Das müsste die Infektion sofort bekämpfen. Die Wunde können wir mit einer Salbe behandeln, die wir auf der Insel mit natürlichen Schimmelpilzen selber herstellen und ungefähr die selbe Wirkungsweise wie Penicillin hat. Allerdings ist die Infektion schon weit fortgeschritten und ihre Frau sehr geschwächt. Wir müssen einfach die nächste Nacht abwarten, ob die Medikamente anschlagen. Ihre Familie kann erst einmal im Zimmer nebenan schlafen.«

Ich bedankte mich bei den beiden Männern. Sie legten Pia gleich einen Katheter mit dem Antibiotikum als Infusionslösung und rieben die Wunde mit der komischen Schimmelpilzsalbe ein. Dann entfernten sich beide, ich sollte sofort Bescheid geben, wenn sich der Zustand verschlechterte. Also blieb ich am Bett sitzen, hielt Pias Hand und redete leise auf sie ein, dass sie es jetzt schaffen müsse und alles wieder gut werde. Ihr Atem ging zumindest regelmäßig, wenn auch sehr schwach. Nach einer Weile kamen die Kinder wieder, und setzten sich zu mir ans Bett. Ich brachte nichts runter, sondern trank nur Wasser. Das Warten nagte ziemlich an der Psyche, vor allem waren nach der Aussage des Arztes die nächsten Stunden für Pia entscheidend.

Pia schien in einer Art Dämmerzustand zu verweilen. Ihr Körper konnte sich anscheinend noch nicht ganz entscheiden, ob er bei den Lebendigen oder Toden verweilen wollte. Ab und zu kam eine Schwester rein und maß Puls, Blutdruck und Fieber, letzteres blieb leider unverändert hoch, während der Puls schwach und unregelmäßig ging. Also noch keine Besserung! Wir mussten uns einfach in Geduld üben, streichelten sie und redeten ihr weiterhin gut zu. So ging es die ganze Nacht hindurch. Die Kinder schliefen später im Nebenzimmer, sie waren von der langen Fahrt sehr erschöpft, während ich bei Pia sitzen blieb und immer wieder kurz wegdämmerte, um dann um so schreckhafter wieder hochzufahren, immer in der Angst, sie könnte in der kurzen Zeit gestorben sein. Am Morgen kam Doktor Masi und schloss an den Katheter eine neue Infusionslösung an.

Dabei machte Pia das erste mal die Augen auf und murmelte ein Leises »Wo bin ich?«

Meine Freude war unbeschreiblich. Ich weckte die Kinder, welche gleich auf Pia zustürmten und sie umarmten. Ich erklärte ihr, dass ihre Infektion behandelt würde, und wir es mit unserem Boot bis nach Fidschi geschafft hatten. Bestimmt musste sie sich wundern, wo sie sich befand, denn das letzte Mal, als sie bei klarem Bewusstsein war, befanden wir uns auf hoher See. Wenig später ging auch das Fieber etwas runter und der Doktor verkündete uns mit einem freudigen Schmunzeln, dass ihr Körper gut auf das Antibiotikum anschlug und die Patientin über den Berg wäre. In den nächsten Tagen verbesserte sich Pias Gesundheitszustand stetig.

Nun konnte man sich schon ganz normal mit ihr unterhalten, allerdings blieb sie sehr geschwächt und konnte keinesfalls aufstehen.

Wir holten unsere Sachen von Bord, das Segelschiff hatte bisher keiner angerührt, anscheinend akzeptierte man in Fidschi das Eigentum anderer Leute, selbst in dieser Zeit. Wir setzten es nochmals um und vertäuten es sicher an der inneren Kaimauer des Hafens, wo sogar noch ein paar andere Segelschiffe und nicht mehr betriebsbereite Motorboote lagen. Dann richteten wir uns in dem uns zugewiesenen Zimmer im Krankenhaus häuslich ein. Wir bekamen wie die Patienten und Angestellten regelmäßig etwas zu essen und wurden sehr fürsorglich behandelt, und das alles ohne eine Gegenleistung. Wir erlebten bisher eine ehrliche Gastfreundschaft, auch wenn wir durch die Straßen von Suva schlenderten, um das, für uns fremde, bunte Treiben der Insulaner zu beobachten. Pia konnte mittlerweile wieder aufstehen und kleinere Spaziergänge machen. Infusionen erhielt sie jetzt keine mehr, doch wurde die Wunde regelmäßig mit der Wundersalbe eingerieben. Und tatsächlich begann diese langsam zu verheilen. Denn, Jeff, Sandy und ich, später dann auch Pia, konnten unser Glück überhaupt nicht fassen: Knapp zweitausend Kilometer segeln über den offenen Ozean, zuletzt mit einem schwerkranken Passagier an Bord, um schließlich eine kleine Insel zu finden, wo wir so freundlich empfangen wurden und Pias Leben schlussendlich gerettet wird. Wieder einmal bestätigte sich, dass man niemals aufgeben sollte, auch wenn die Lage zunächst noch so aussichtslos erschien. Allerdings wurde es Zeit sich Gedanken über unsere Zukunft zu machen, denn noch wohnten wir im Krankenhaus, und es war jetzt absehbar, dass

Pia in den nächsten Tagen wieder auf eigenen Beinen stehen konnte. Auf Empfehlung des Arztes ließen Pia und ich uns noch sterilisieren, weil wir nicht wussten, wie weit unsere Körper strahlengeschädigt waren. Das Risiko ein behindertes Kind zu bekommen war laut Aussage von Doktor Masi sehr hoch. Abgesehen davon wollten wir beide bestimmt kein Kind mehr, denn wir hatten eigentlich drei davon, die so gut wie unsere Eigenen waren. Als Pia wieder vollkommen gesund war, erfolgte der Eingriff, welcher an sich nicht besonders schlimm war, aber eine sinnvolle Maßnahme darstellte.

Eine neue Heimat

Jeff und Sandy sprachen dann ihren Wunsch aus, der insgeheim eigentlich längst feststand: Sie wollten hier bleiben. Wir stimmten ab, und das Ergebnis war einstimmig. Wieso sollten wir auch ein einsames Leben auf unserer Insel fristen, wenn hier auf Fidschi das Leben nahezu normal war und wir zudem noch freundlich bei der Bevölkerung aufgenommen wurden. Wir äußerten unseren Wunsch Doktor Masi gegenüber. Der hatte sich anscheinend schon so etwas Ähnliches gedacht, denn er arrangierte einen Termin mit dem Stammesoberhaupt des Bezirkes Suva. Vor der Katastrophe gab es im Jahr 2006 in Fidschi einen Putsch durch die Militärregierung, worauf der Chef des Militärs Frank Bainimarama die Macht übernahm und angeblich demokratische Wahlen vorbereiten wollte, die aber natürlich ewig auf sich warten ließen. Nach der Katastrophe konnte sich der Präsident nicht mehr an der Macht halten, nicht zuletzt wegen der Kommunikationsprobleme zwischen den einzelnen Inseln, und es wurde für jede der vierzehn Provinzen, die die Inselgruppen schon vor dem Point Zero unterteilten, ein Stammesoberhaupt gewählt, der von mehreren Repräsentanten in der Regierungsarbeit unterstützt wurde. Während in der Vergangenheit von den dreihundertzweiunddreißig Inseln, aus denen sich Fidschi zusammensetzt, hundertzehn bewohnt wurden, ging man jetzt von ungefähr dreißig aus, da viele Inseln zu klein waren, um alle lebensnotwendigen Dinge selbst zu produzieren, und der Austausch ohne die Hilfe von Motorbooten zu aufwändig wurde.

Also wurden wir im Repräsentantenhaus von Herrn Matanitu, dem Stammesoberhaupt, empfangen. Es war ein altes, prunkvolles Haus aus der Kolonialzeit, mit hohen Räumen und antikem Mobiliar. Neben Herrn Matanitu saß ein Schreiber, der unsere sozusagen »neue Staatsbürgerschaft« amtlich beglaubigen sollte.

Erst einmal erzählte das Oberhaupt, der wie ein richtiger Fidschianer aussah, dunkle Hautfarbe, markante Gesichtszüge und natürlich etwas Übergewicht, aber dafür einen nur mäßig abgenutzten Anzug mit Krawatte trug, etwas über die Entwicklung nach dem atomaren Krieg und stellte im Anschluss bestimmte Forderungen an uns: »Ihr müsst wissen, dass ihr bis jetzt nicht die Einzigen seid, die bei uns Zuflucht suchten. Relativ bald nach der Katastrophe kamen einige Segler von Australien, wobei aber mindestens die Hälfte an den Folgen der Strahlung gestorben ist, die verbleibenden haben sich hier angesiedelt und fühlen sich wohl. Dasselbe gilt für die ausländischen Touristen, die natürlich auch nicht mehr in ihre Heimatländer zurückkönnen oder wollen. Ihr werdet bestimmt einige zu gegebener Zeit kennen lernen. Allerdings haben sie sich alle eine Beschäftigung gesucht, was ich auch von euch möchte, wenn ihr gesund seid, denn in diesen harten Zeiten dulden wir keine Schmarotzer, die sich von uns durchfüttern lassen. Leider ist in der letzten Zeit die Einwohnerzahl der Hauptstadt gestiegen, zum einen wegen der Touristen, zum anderen, weil viele aus den kleineren Inseln zugezogen sind. Es gibt aber noch genug freie Grundstücksflächen nicht weit außerhalb der Stadt. Ihr könnt euch eine freie Parzelle umsonst aussuchen, und euch darauf ein Haus errichten. Wir haben genug Arbeiter, die sich mit der Schilfbauweise auskennen, natürlich müsst ihr sie aber in Naturalien bezahlen. Begeht ihr einen Diebstahl oder fügt jemandem Schaden zu, werdet ihr nach unserem Recht hart bestraft, das kann nach unserer neuen Verfassung bis zur Todesstrafe gehen. Nach drei Monaten schaut bei euch ein Beamter vorbei und kontrolliert, ob ihr mit dem Hausbau vorankommt und euch eine Beschäftigung gesucht habt. Wenn das nicht der Fall ist, könnt ihr auf eine kleine Insel verbannt werden. Seid ihr mit unseren Bedingungen einverstanden, unterschreibt diesen Vertrag, und ihr genießt als neue Staatsbürger natürlich alle Rechte und Sicherheiten unseres Landes. Für eure Kinder haben wir eine Primary School, ein College und sogar eine Universität, in der man zumindest eingeschränkt einige Fächer belegen kann.«

Das klang großartig, natürlich waren wir voller Tatendrang und wollten uns ein neues Zuhause aufbauen und nicht untätig rumsitzen. Bei diesen netten Leuten wollten wir uns gerne in die Gemeinschaft mit einbringen. Also unterschrieben wir alle fünf den Vertrag und waren somit ab sofort Fidschianer. Herr Matanitu schüttelte darauf unsere Hände und stellte ein Dokument aus, dass uns von nun an als »Eingeborene« ausgab. Dann machten wir uns mit einem Beamten auf den Weg, um verschiedene Grundstücke zu betrachten. Das erste lag etwas im Landesinnern, inmitten von landwirtschaftlich genutzten Flächen. Hier knallte die Sonne ungeschützt runter, da eine höhere Vegetation fehlte. Wir fragten daher vorsichtig, ob noch ein weiteres zur Wahl stünde. Der Beamte merkte, dass wir eher die Naturfreaks waren und zeigte uns westlich der Stadt ein Stück Land. Dieses war zwar ungefähr drei Kilometer außerhalb des Zentrums, allerdings sehr schön gelegen. Auf dem

Grundstück standen ein Mangobaum und eine Kokosnusspalme, welche ausreichend Schatten spendeten. In unmittelbarer Nähe waren ebenfalls höhere Bäume. Zudem lag das Grundstück in der Nähe des Meeres auf einer schönen Anhöhe. Wir waren augenblicklich begeistert und erwarben das paradiesische Fleckchen Land. Es war nun unser Eigen. Alles lief wie am Schnürchen, und wir fühlten uns wie Hans im Glück, besonders Denn, Jeff und Sandy schienen das Erlebte der letzten Monate langsam zu vergessen.

Nachdem wir die ganzen Formalitäten hinter uns gebracht hatten, ging es um den Hausbau. Hier war uns auch ein Beamter behilflich und vermittelte uns fünf Arbeiter. Ich musste eine Art Schuldschein unterschreiben, der uns verpflichtete, in einem bestimmten fiktiven Geldwert eine Art Gegenleistung zu erbringen, sei es in Naturalien oder in Form einer gemeinnützigen Arbeit. Bambus gab es genug, da im Inselinneren größere Plantagen vorhanden waren. So bekamen wir schon nach sechs Wochen ein wunderschönes Bambushaus mit fünf Zimmern und einer großen Terrasse. Die Betten und das Mobiliar zimmerten Denn, Pia und ich uns selber. Für die Küche bekamen wir einen Holzofen. Während der Zeit lebten wir wieder auf unserem Segelboot.

Gleich in der ersten Woche meldeten wir alle drei Kinder in den Schulen an. Jeff ging in die Primary School, Sandy und Denn aufs College. Gott sei Dank wurde in den Schulen in Englisch unterrichtet, denn neben Englisch war auch Fidschianisch die offizielle Amtssprache. In der Schule fanden die Kinder schnell Freunde, und über diese lernten wir ihre Familien kennen, sowohl Einheimische als auch Touristen. Eine interessante Geschichte hatte eine australische Familie zu erzählen, die zu viert, mit zwei Kindern von Darwin nach Fidschi segelte und bei einem Sturm beinahe ums Leben kam. Wir freundeten uns mit der Familie sehr gut an, denn ihr Haus lag von unserem nicht weit entfernt. Die Kinder waren ungefähr im selben Alter, und die Mutter unterrichtete in der Primary School. Dort sprang Pia ab und zu ein, wenn ein Lehrer erkrankte. Mit der Zeit machte das Unterrichten Pia so viel Spaß, dass sie schließlich in dieser Schule als Lehrerin ihre zukünftige Aufgabe sah. Sie unterrichtete hauptsächlich Sport, Englisch, Werken und Hygiene, was in vielen tropischen Ländern ein reguläres Unterrichtsfach war.

Der Mann dieser australischen Familie war vom Beruf Winzer. Er versuchte sein Glück in den höheren Lagen im Landesinneren, denn die Berge auf der Hauptinsel sind bis tausenddreihundert Meter hoch und eigentlich für den Weinbau geeignet. Ihm half ich beim Schneiden der Rebstöcke und fand dabei gefallen bei meiner Tätigkeit als Landwirt. Nach und nach vergrößerten wir das Anbaugebiet und ich versuchte mich in unmittelbarer Nähe zusätzlich als Bananenpflanzer. Nach einiger Zeit bewirtschaftete ich insgesamt zwei Hektar, das war bereits eine kleinere Bananenplantage, und belieferte mit meinen Früchten fast die ganze Hauptstadt. Zudem bauten wir zusammen ein kleines Fischerbötchen aus Bambus, und verkauften den Fang, wenn unsere Familien ihn nicht selber aßen, am Fischmarkt. Des Weiteren organisierten entweder Pia, Denn oder ich bei schönem Wetter kleinere Segeltörns mit unserem Schiff, das immer noch gut in Schuss war, zu kleineren Inseln, um dort mit einem Barbecue den Sonnenuntergang anzuschauen und unter freiem Himmel zu übernachten.

Mittlerweile hatten wir unser Grundstück zu einer wahrhaft kleinen Oase im Grünen hergerichtet. Wir pflanzten neben den vorhandenen Bäumen verschiedene Obstbäume und legten kleine Gemüsebeete an, welche uns das ganze Jahr über eine Vielzahl von verschiedenen Sorten lieferten. Die Kinder mussten zwar jeden Tag drei Kilometer zur Schule laufen, aber dafür hatten wir etwas außerhalb der Stadt eine himmlische Ruhe und hörten nachts nur das Rauschen des Meeres. Als der Beamte in drei Monaten nach dem Rechten schaute, notierte er zu seiner vollsten Zufriedenheit die Beschäftigung, denen Pia und ich mittlerweile nachgingen, denn beide waren ja sehr zum Wohle des Gemeinwesens.

Nach den ganzen schrecklichen Beinahetoderlebnissen hatten wir uns ein Leben eingerichtet, das vollkommen im Gegensatz zu den letzten beiden Jahren stand, angefangen mit meinem kleinen Inselabenteuer, was eigentlich nur eine kurzweilige Flucht aus meinem tristen Alltag sein sollte, und mit einer Katastrophe geendet hatte. Auf dieser Insel hatten wir nach der ganzen Suche zuletzt doch noch eine neue Heimat gefunden, in der wir ein vollkommen glückliches Leben führen konnten. Wir verrichteten Tätigkeiten, welche uns erfüllten und wo man den Erfolg unmittelbar sah, ganz im Gegensatz zu meinem früheren Bürojob. Zudem wohnten wir in einer paradiesischen Umgebung und hatten drei Kinder, die uns sehr ans Herz gewachsen waren.

Dennoch werde ich nie vergessen können, dass ich einmal eine eigene Familie hatte, und nie mehr erfahren werde, ob und wie sie ums Leben kamen. Die Erinnerungen verblassten zwar mit der Zeit immer mehr, trotzdem machte ich mir immer wieder Vorwürfe sie im

Stich gelassen zu haben, obwohl ich natürlich die Ereignisse nicht habe vorhersehen können. Aber es blieb immer noch ein Schuldgefühl, denn was wäre geschehen, wenn ich bei ihnen geblieben wäre. Hätte ich sie dann vielleicht retten können? Das Erlebnis in Sydney belastete dagegen Pia sehr, da sie auf eine schreckliche Weise ihre besten Freunde verloren hatte, die sie schon lange vor mir kannte. Die Vergangenheit würden wir also beide nicht abschütteln können, aber wir hatten in dieser unmöglichen Zeit gelernt, immer das Positive zu sehen und dieses neu geschenkte Leben auf Fidschi machte es uns dabei nicht schwer.

Ende
(oder Fortsetzung folgt)

www.tredition.de

Über tredition

Der tredition Verlag wurde 2006 in Hamburg gegründet. Seitdem hat tredition Hunderte von Büchern veröffentlicht. Autoren können in wenigen leichten Schritten print-Books, e-Books und audio-Books publizieren. Der Verlag hat das Ziel, die beste und fairste Veröffentlichungsmöglichkeit für Autoren zu bieten.

tredition wurde mit der Erkenntnis gegründet, dass nur etwa jedes 200. bei Verlagen eingereichte Manuskript veröffentlicht wird. Dabei hat jedes Buch seinen Markt, also seine Leser. tredition sorgt dafür, dass für jedes Buch die Leserschaft auch erreicht wird.

Autoren können das einzigartige Literatur-Netzwerk von tredition nutzen. Hier bieten zahlreiche Literatur-Partner (das sind Lektoren, Übersetzer, Hörbuchsprecher und Illustratoren) ihre Dienstleistung an, um Manuskripte zu verbessern oder die Vielfalt zu erhöhen. Autoren vereinbaren unabhängig von tredition mit Literatur-Partnern die Konditionen ihrer Zusammenarbeit und können gemeinsam am Erfolg des Buches partizipieren.

Das gesamte Verlagsprogramm von tredition ist bei allen stationären Buchhandlungen und Online-Buchhändlern wie z. B. Amazon erhältlich. e-Books stehen bei den führenden Online-Portalen (z. B. iBookstore von Apple) zum Verkauf.

Seit 2009 bietet tredition sein Verlagskonzept auch als sogenanntes "White-Label" an. Das bedeutet, dass andere Personen oder Institutionen risikofrei und unkompliziert selbst zum Herausgeber von Büchern und Buchreihen unter eigener Marke werden können.

Mittlerweile zählen zahlreiche renommierte Unternehmen, Zeitschriften-, Zeitungs- und Buchverlage, Universitäten, Forschungseinrichtungen, Unternehmensberatungen zu den Kunden von tredition. Unter www.tredition-corporate.de bietet tredition vielfältige weitere Verlagsleistungen speziell für Geschäftskunden an.

tredition wurde mit mehreren Innovationspreisen ausgezeichnet, u. a. Webfuture Award und Innovationspreis der Buch-Digitale.

tredition ist Mitglied im Börsenverein des Deutschen Buchhandels.